LUIS GOYTISOLO

Placer licuante

punto de lectura

Título: Placer licuante

Barquillo, 21. 28004 Madrid (España) www.puntodelectura.com

ISBN: 84-663-0814-8
Depósito legal: M-29.573-2002
Impreso en España – Printed in Spain

Cubierta: MGD
Fotografía de cubierta: STONE
Diseño de colección: Ignacio Ballesteros

Impreso por Mateu Cromo, S.A.

LUIS GOYTISOLO

Placer licuante

Índice

I

El sexto sentido

Uno

Por un momento perdió toda noción de dónde estaba. Duró sólo un instante, pero, a su término, como si volviera en sí, tuvo que cerciorarse de que se encontraba sentado ante la mesa de su estudio, en Madrid, contemplando la foto en la que aparecía sentado con Maica y otra gente, cuyo nombre había ya olvidado, en la terraza de un café de Buenos Aires. Pero no fue la evocación de Buenos Aires la causa de su despiste, aquellas mesas y sillas y aquella gente sonriendo bajo las ramas de un gigantesco magnolio. Fue, más bien, el ángulo de la luz del flexo al incidir sobre la mesa de dibujo lo que le había trasladado a otra mesa y otra luz idénticas, y a similares planos desplegados, sólo que situados, no en Madrid, sino en Berna, en el estudio que, veinte años atrás, fue su lugar de trabajo durante todo un invierno. Trabajaba en Berna y, dos veces por semana, iba a dar una conferencia a Friburgo. Y era el conjunto de ese periodo de su vida lo que acababa de evocar, el conjunto y, a la vez, todo género de detalles comprimidos en un solo instante.

Se había fijado en ella, por primera vez, en el estudio de Berna: de pie, los brazos cruzados a modo de marco en torno a los pechos, considerando absorta una de las maquetas del proyecto. Días después, mientras daba su conferencia en Friburgo, la divisó de nuevo entre el público: hacia el primer tercio del hemiciclo, escuchando atentamente, la pierna izquierda montada sobre la derecha. En la estación, al tomar el tren de regreso, creyó verla nuevamente, pero, o se trataba de una ilusión, o la perdió de vista.

Hizo el viaje solo, contemplando el discurrir ya familiar del paisaje. Los prietos bosques negros y los prados helados, con árboles de ramas blanqueadas por la escarcha, diseminados aquí y allá como gigantescos almendros en flor. El río de verde jade que serpeaba al fondo de un barranco y que, bajo su apariencia yerta, casi solidificada, escondía sin duda tanta vida y tanta muerte, tanta agresión y tanto deseo como el mundo exterior. Y los retazos de niebla. Y los cuervos que se cernían graznando. Y aquella granja cuyos habitantes conocía ya uno por uno: los padres, los cuatro hijos, la abuela. Un día la abuela dejó de aparecer, la madre la sustituyó a la hora de convocarles para el almuerzo desde la puerta, y la hija mayor sustituyó a la madre en las faenas agrícolas. Un género de vida no muy distinto al paso de las estaciones, a los cambios inexorablemente experimentados por el paisaje. Ni al de la propia vida en la ciudad, una ciudad aterida por el invierno. Aquel joven delineante que murió a comienzos del trimestre. Su puesto fue cubierto de inmediato y sus compañeros de trabajo se apresuraron a cerrar aquel molesto inciso para volver cuanto antes a la rutina cotidiana, como si el horror no hubiera hecho presa en ellos en ningún momento, o como si lo que se quisiera evitar fuera, precisamente, que hiciera presa; como si no supieran que la muerte arcaica aguardaba agazapada tras una ligera pátina de modernidad. Calles medievales con escaparates abiertos al diseño más avanzado, a la última moda, bajo los fríos pórticos. Un concurrido restaurante junto a los ataúdes expuestos tras la enorme luna de una empresa de pompas fúnebres.

En uno de esos restaurantes, vinculado a un confortable hotel, el hotel donde se había alojado a su llegada a Berna, se celebraba aquella noche con una cena el final del proyecto. Entre los presentes estaba ella, en un extremo del bar, con un vino blanco en la mano, como si estuviera esperándole. Fue entonces cuando supo que se llamaba Adelaida, que era Aries-Escorpio pero con predominio de Escorpio, arquitecta y argentina de origen judío; por ese orden.

Se sentaron a la mesa el uno junto al otro. La alegría ruidosa y los brindis reiterados abrieron pronto un rotundo paréntesis respecto a la atmósfera que habitualmente presidía sus relaciones de trabajo en el estudio, una atmósfera de silencio y de deseos latentes sólo equiparable al de una biblioteca pública. Cuando en un momento dado Adelaida le oprimió el muslo con la mano derecha al decirle algo al oído, él la cubrió con su izquierda, para luego estrecharla entrelazando los dedos.

A la hora de los postres, aprovechando la estruendosa algarabía, abandonaron la mesa y buscaron refugio en un bar contiguo relativamente más tranquilo. Empezaron a besarse antes incluso de llegar a tomar asiento y siguieron haciéndolo casi ininterrumpidamente, hasta perder el aliento, las manos de cada uno recorriendo con caricias el cuerpo del otro, indiferentes a las caras conocidas que pudieran aparecer al otro lado de la cristalera, mirándoles con sorpresa desde la calle. Terminaron en su habitación, cabalgando desenfrenadamente sobre el edredón caído al pie de la cama, él viniéndose y viniéndose contra aquellas nalgas abiertas, ella como en fuga, la línea de las caderas y de la curvada espalda dibujando un ánfora.

Escrutó de nuevo la foto. ¿Había algo en común entre Adelaida y Maica? Descolgó el teléfono y marcó el número de la tarjeta.

—¿Maica? Soy Máximo.

—Vaya —su voz sonaba con genuina alegría—. Lo último que me esperaba en una mañana tan gris como la de hoy, Max. ¿Qué me cuentas?

—Quería agradecerte la foto.

—El mérito es del camarero que la sacó.

—Pero quien está rematadamente guapa eres tú.

—¿Por qué crees que te la he mandado?

—Bien, seguramente tiene que ver con eso, ya que la recibí ayer. Pero el caso es que me he despertado burro.

—¿Burro?

—Caliente.

Hubo un corto silencio. «Vaya», dijo Maica.

—Me he puesto a pensar en ti. A imaginar que te estaba montando en el lavabo del avión.

Otra pausa.

—La verdad es que no sé cómo debo tomármelo —dijo Maica.

—Como el mejor de los elogios. No te estoy contando una paja.

—Ya. Lo que no sé es qué quieres que te diga.

—Que te va bien cenar conmigo mañana.

—Supongo que después de una muestra de devoción como la que me has dedicado no puedo negarme. Pero por la noche me va mal. ¿Te viene bien almorzar?

—Claro. Es sólo para verte y charlar un rato.

—Ya me lo imagino.

Su voz revelaba un desconcierto no inferior al de sus silencios.

Dos

Alguien empezó a presentarles en la terraza de un bar de La Recoleta. «No sé si os conoceréis», dijo.

—Pues sí —dijo Maica.

—Cursos de Verano de Santander —dijo Máximo—. Coincidimos en la mesa de un coloquio. Unos dos años, ¿no?

Se calló que la había encontrado innecesariamente antipática, como saliendo al paso de eventuales afrentas no producidas. Una actitud preventiva, de estar a la que salta, que, justificada o no, más bien delataba una vida cotidiana poco grata. Ahora parecía más relajada. Le miraba con curiosidad, como intrigada por algo.

—¿Expones algún proyecto?

—Mi proyecto es el envoltorio de la exposición: un pabellón construido con materiales desechables. Y me vuelvo pasado mañana. No vaya a venirse todo abajo antes de la inauguración. ¿Y tú?

—Yo también. Y ya sabía que el pabellón era tuyo.

—No nos entendemos. Lo que te preguntaba era qué estabas haciendo por aquí. Vamos, si participabas de alguna manera en la exposición.

—No, la exposición que organizo no tiene nada que ver con ésta. Una colectiva, en Madrid. He venido a negociar la cesión de algunos cuadros que hay por aquí.

Siguieron las presentaciones: casi todos españoles, responsables del montaje de la exposición, gente de la embajada y algún que otro artista. El lugar era agradable, en buena parte gracias al ramaje de un gigantesco magnolio que cubría enteramente las mesas de la terraza. A su sombra, el crepúsculo se había hecho casi imperceptible. Pero todo aquello se estaba prolongando demasiado.

El director de no sé qué canal televisivo le invitó a su casa: estarían Bioy y una actriz. Máximo se excusó: tenía una cena. Una cena que se convirtió pronto en realidad, organizada por Chema, un tipo de la embajada. Máximo mencionó otro compromiso. «¿Con Óscar Garante? —dijo Chema—. Eso es para después de cenar». Se ofreció a llevarles a él y a la Hériz, que es como se refirió a Maica; no mencionó, en cambio, al pintor sentado junto a ella, que Máximo había tomado por su pareja. Máximo se dejó llevar, pese a decirse que posiblemente estaba cometiendo un error. Las mesas del restaurante se hallaban situadas muy juntas y, por si el ruido fuera poco, Chema no paró de hablar, de meterse con la pedantería, informalidad y general incompetencia de los argentinos. El restaurante, por ejemplo, estaba llevado por españoles y por eso tenía éxito, porque los argentinos tenían un talento especial para convertir en suela de zapato la mejor carne.

—Las mujeres están mucho mejor. Realmente los tíos no se las merecen.

—Eso sucede en casi todas partes —dijo Máximo.

—Aquí, más. Con lo que se cuidan la colita, que es como aquí llaman al pompis. Y ellos, ni caso. También tiene gracia que para ellos la colita sea una cosa y para nosotros, otra.

Maica apenas habló. Parecía molesta o contrariada. Apuró un par de vasos de un trago, como para darse ánimo. Máximo le dio una palmadita de aliento en el brazo.

Al salir, Chema propuso un bar que prácticamente no cerraba en toda la noche. «Cuando empieza a animarse es a la salida de los teatros», dijo. Aunque apenas había bebido, hablaba como si estuviera algo borracho. «Un poco más, y propondrá que cantemos *Asturias, patria querida*», dijo la subcomisaria de la Exposición. Caminaban cada vez más desperdigados hacia el bar, que se encontraba a pocas cuadras. Pero, no bien tomaron asiento, alguien les avisó de que el bar en cuestión era otro, y tuvieron que volver a levantarse. Máximo aprovechó esa circunstancia para perderse tras una esquina y tomar un taxi. Cuando el coche arrancaba, divisó aún a Maica caminando con paso decidido entre dos o tres artistas.

Durante todo el día siguiente estuvo muy ocupado ultimando detalles. La subcomisaria no le insistió para que se quedara por lo menos hasta la inauguración, pero sí para que aquella noche cenara con ellos, con los amigos.

—La Hériz y yo te echamos de menos en el bar de ayer, cuando nos dimos cuenta de que te habías escabullido.

—¿Por qué la llamas la Hériz?

—Porque yo también me llamo Carmen.

Máximo no pudo cumplir su promesa. En el restaurante al que acudió no había nadie conocido ni sabían de ninguna reserva. Regresó al hotel y pidió algo ligero al servicio de habitaciones. Preguntó si había algún mensaje y le dijeron que no.

Estaba ya en la cama, leyendo, cuando sonó el teléfono: era Maica. Había pasado exactamente lo que se temía: se decidió un cambio de restaurante y, por algún motivo, los mensajes, o no habían sido mandados, o los había recibido otra persona. Le invitaba a reunirse con ellos: aún estaban en el segundo plato. «Todos reclaman tu presencia», dijo.

—Es que ya estoy en la cama —se excusó Máximo.

—No me excites —dijo Maica—. ¿Y por qué no te vienes luego a tomar una copa? Podemos quedar en algún bar.

Máximo explicó que ante tantas horas de avión como las que le aguardaban al día siguiente, prefería la cama. ¿No volvía ella en el mismo vuelo? Le propuso pasar por su hotel a recogerla camino del aeropuerto. Maica dijo que le estaría esperando ante la puerta.

Y allí estaba, metiéndose en el taxi como en tromba. Parecía contenta, casi triunfal, por mucho que dijera que lo de anoche fue un coñazo. «Chema terminó cantando —informó apresuradamente—. No lo de *Asturias, patria querida*, pero sí un villancico. Y ni siquiera estaba borracho».

Su euforia se prolongó durante una buena parte del vuelo, propiciada por las copas que tomaron antes y después de la comida, o la cena, o lo que fuera. Le hablaba como si se conocieran de siempre, con una confianza muy de agradecer.

—Los aviones me excitan. Será porque, si no miedo, respeto sí les tengo. Eso de estar a once o doce kilómetros del suelo tiene algo de situación límite. O, al menos, vale como excusa para hacer cosas propias de una situación límite. En una película, la chica y un desconocido que le caía bien terminaban haciéndolo en la *toilette*. ¿La has visto? Claro que hace años, de estudiante, se la chupé a un chico en un autocar. Y un viaje en autocar no es precisamente una situación límite. El tío no acababa de creérselo. ¿Te ha pasado algo parecido alguna vez?

—En un autocar, no.

—Bien. Hablo demasiado, ¿no?

—No.

—¿No? Eres todo un caballero. Supongo que lo que pasa es que comprendo que ayer no te unieras a nosotros, pero no lo aplaudo. La verdad es que me dormí abrazada a mi almohada, imaginando que eras tú. ¿Ves cómo hablo demasiado?

—¡Pero qué manía! Tu espontaneidad derretiría a cualquiera.

—¿A ti, no?

—Claro que sí. Lo que pasa es que estoy en plena historia de amor. Y estas cosas, si van bien, hay que cuidarlas.

—Vaya. Debí imaginármelo. ¿Cómo diablos ibas a estar libre? De lo más improbable.

—También me parece poco probable que tú lo estés.

—No estoy en plena historia de amor, si a eso te refieres. O si lo estoy, es en la fase que se escribe en pretérito.

—No es una fase obligada. No tiene por qué darse.

—¿Tú crees? La gente habla como si lo fuera. Como de algo inevitable. Sobre todo, si te casas. Sólo que a veces se soporta y a veces no.

—Y en tu caso no es soportable.

—No lo es. Aunque lo soporte. Por eso he necesitado cuatro copas para contarte lo que te he contado. ¿Ves como hablo demasiado?

—No hablas demasiado. Eso es lo que te dirá él, pero no es verdad. Es curioso, no me diste la sensación de estar casada.

—¡Eso sí que no se cansa de repetírmelo! Que no doy la sensación de estar casada porque no me comporto como una mujer casada. Y a lo mejor tiene razón; él sabe de estas cosas más que yo. O debiera saber. Es escritor.

—¿Escritor?

—Novelista. Pablo Pérez Montalbo. ¿Le conoces?

—No. Pero he oído hablar de él, claro. Novelas de intriga, ¿no?

—Más bien lo que se entiende por novelas de éxito. Pero no es un reproche: creo que lo hace bien. Vamos, que tiene oficio y que, a su manera, es honesto. El problema no está en sus obras. Una persona difícil, eso es todo. Supongo que en su día le quise, aunque ahora no entiendo que eso pudiera suceder. Por más que, contra lo que él cree y tal vez tú también, no me dedico precisamente a ponerle cuernos. Cuando se quiere, ni se te ocurre. Y cuando ya no, te faltan fuerzas. Al menos a mí. Pero ¿ves cómo el amor o el deseo o como quieras llamarlo es algo que pasa?

—No tiene por qué. Aunque la mayoría de la gente crea que sí. También llaman amor y deseo a lo que posiblemente no es ni una cosa ni otra.

—Has puesto la cara.

—¿Qué cara?

—La del restaurante de la otra noche. Tuve ganas de besarte allí mismo. ¿Tampoco me darás un beso ahora si te lo pido?

—Un beso, sí.

Se besaron. Máximo tuvo que presionar para introducir la lengua hasta alcanzar la de Maica.

El sobrecargo les trajo un par de whiskys más que no recordaban haber pedido. Maica suspiró.

—Te había pedido sólo un beso.

—Es que un beso es esto.

La besó de nuevo. Luego fue al lavabo y meó largamente. Cuando regresó, ella tampoco estaba en su asiento. Volvió cuando él ya se dormía. «Yo aún no tengo sueño», le dijo Maica al oído.

El último beso se lo dieron en Barajas cuando ella se hizo con su maleta. Desapareció entre la gente mientras él aguardaba la suya.

Tres

Más que de final de mayo, el tiempo era propio de julio, y antes que las mesas del exterior, la gente parecía preferir el interior climatizado. «Estarán mejor dentro», les había dicho el camarero. Pero Maica también prefería la sombreada tranquilidad de la terraza.

—He estado a punto de volver a llamarte para cancelar el almuerzo —dijo Máximo.

—¿Y eso?

—Es que creo que no te convengo, Hériz.

—Vaya, creí que era yo la que no te convenía a ti, Gómez Hugarte.

—Verás. He roto con Concha. No te hubiera llamado ayer, de seguir con ella.

—¿Tu historia de amor?

—Ajá. Pero supongo que si nos reconciliáramos, cosa que todavía cabe en lo posible, volvería con ella y tendría que cortar contigo. Y ahí está el quid de la cuestión.

—A eso lo llamo yo hacer cábalas. Pero te agradezco la consideración de no querer colocarme en situación poco airosa. Por otra parte, yo había llegado a conclusiones parecidas.

—¿Reconciliarte con Paul?

—Eso queda más allá de cualquier planteamiento verosímil.

—¿Entonces?

—Pensar que si te pedí que me besaras lo hacía sólo para compensar una carencia. O para vengarme de Paul, como tú le llamas.

—Eso me parece evidente. Y no tiene nada de malo. En circunstancias como ésta en la que te encuentras, siempre hay algo de eso.

—Sin olvidar, no obstante, que en aquel momento me apetecía hacerlo contigo. Con lo que todas las sospechas de Paul respecto a mis constantes infidelidades se hubieran visto confirmadas.

—Que es lo que suele pasar cuando se termina una historia.

—Pero es que en mi caso no ha pasado. Cuando me casé con Paul, lo hice decidida a que no pasaran. Nada de aventuras. Y desde entonces, he intentado salvar nuestra relación a toda costa. Aunque desde hace tiempo fuera sólo por inercia. ¿No me crees?

—¿Por qué no habría de hacerlo? Ni tú ni yo íbamos a ganar nada engañándonos.

—Es que los hombres, como habéis sido educados en la infidelidad, tendéis a pensar que nosotras también.

—¿Por qué generalizar? Es evidente que las mujeres dais más importancia a la fidelidad y creo que tenéis razón. Y me importa un pito lo que piensen otros.

—Bien. Veo que nos entendemos.

Comían sin prestar demasiada atención a lo que comían. Y andaban por la segunda botella de blanco seco.

—Este vinito entra que da gusto.

—Sí. Supongo que pretendes emborracharme, pero no me importa. Lo que no comprendo es que se haya estropeado tu historia de amor.

—Es que si para que vaya bien, tiene que ir mal, no le veo la solución.

—¿Qué quieres decir?

—Que Concha, que es una abogada muy competente, creía y cree que nuestra vida amorosa era un obstáculo para su vida profesional. Un lujo que no podía permitirse. Y yo creo lo contrario.

—¡Pues claro! No hay nada que entone tanto como la actividad amorosa.

—También se puede funcionar sin tenerla.

—¡Dímelo a mí! ¿A qué carencia crees que me refería?

Junto con el café, aceptaron el whisky con hielo que les ofreció el camarero, invitación de la casa. La reverberación del sol contra el suelo donde terminaba la sombra de la marquesina, como cortada a cuchillo, aumentaba la sensación de calor que se respiraba. «Yo estoy borracha —dijo Maica—. Así no puedo dejarme ver por el estudio». Máximo le tomó la mano.

—Te vienes a casa, te duchas y te echas la siesta.

—Vale. Pero sólo dormir, ¿de acuerdo? Luego tengo que ir a un cóctel que da Siruela.

—¿Siruela? Me parece que yo también estoy invitado.

—Pues vamos juntos.

En contraste con la calle, la penumbra del piso resultaba refrescante. Máximo le ofreció el baño contiguo al dormitorio.

—Aquí tienes el albornoz. Yo me ducho en el otro baño. Y puedo echar la siesta en el sofá.

—¿Por qué? En esta cama podrían echar la siesta tres sin molestarse.

Máximo tomó una ducha intensa y breve, casi fría, y dejando que el albornoz terminara de secar la piel algo húmeda, se tendió a un lado de la cama.

Maica apareció a los pocos momentos, también envuelta en un albornoz, y fue a tenderse al otro lado.

—Sólo dormir un poco, ¿vale?

Máximo la miró con ojos entrecerrados: Maica se había tendido boca abajo. Máximo experimentó una sensación de movilidad en el sexo, como si se desperezase antes de estirarse. Gateó hasta Maica, le acarició el pelo, se tendió sobre su espalda mientras ella seguía inmóvil y en silencio. La besó en el cuello, le subió el albornoz hasta notar el propio sexo tendido a todo lo largo contra sus nalgas. Le dio la vuelta, le abrió totalmente el albornoz, ambos besándose, abrazándose. Maica rió como llena de júbilo.

—Yo soy muy oral.

—Eso ya lo sé.

Sin dejar de abrazarla con el brazo izquierdo, dejó que la mano derecha le recorriera el cuerpo en una larga caricia, los pechos, el vientre, el pubis, la entrepierna, para luego subirla entre las nalgas, rabadilla arriba. Repitió el mismo itinerario con la lengua y los labios, y la besó y abrazó de nuevo, los dedos ahora prendidos de su clítoris, sensible al ritmo de sus estremecimientos. La penetró con suavidad durante un rato, sin dejar de abrazarla y besarla, y recorrió de nuevo su cuerpo sólo que acariciándolo ahora con el tallo del pene.

—¿No estoy seca?

—Estás chorreando.

—Pues ahora verás.

Le dio la vuelta, tumbándolo boca arriba, y tras recorrer su pecho y su vientre con la lengua, le tomó el pene con la boca, para asirlo a continuación con ambas manos y aplicarse preferentemente al capullo. Lo hacía como a embestidas, alternándolas con momentos más pausados, la cara semioculta tras el pelo. «¿Quieres que me corra?», preguntó Máximo. La mata de pelo hizo un gesto afirmativo. Máximo se dejó ir, como en un abrupto y prolongado remolino que terminara por absorberle de cuerpo entero.

Descansaron un rato, sus cuerpos perfectamente encajados en un abrazo, los dedos de Máximo horquilleando la entrepierna de Maica, el pulgar hundido en la vagina, el índice en el culo.

El recuerdo del cóctel que daba Siruela les hizo volver a la realidad. Se trataba de un libro sobre las vanguardias pictóricas, y Maica había quedado con una galerista a la que le interesaba ver aunque sólo fuera un momento. Si volvía a casa para arreglarse, no llegaría a tiempo.

—Aparte de que no me apetece —dijo—. Y no porque me dé miedo, que conste.

—¿Miedo?

—No miedo a Paul, aunque tal vez haga mal

no teniéndoselo. Miedo a estropear lo que ya está estropeado: ahora eso ya no me preocupa.

—Yo voy contigo a lo de Siruela. Aunque, si quieres, entramos por separado.

—¿Y qué tiene de malo que lleguemos juntos? Si salimos ahora coincidiremos con mucha gente.

Se encontraron, en efecto, con muchos amigos comunes ya en el exterior del Palace, y durante la primera media hora cada uno deambuló por su cuenta entre los diversos grupos. El whisky reavivó, se diría, el estado de ánimo que les había poseído poco rato antes, y no tardaron en volver a reunirse como por azar, cada uno con su vaso en la mano. Alguien hizo un amago de presentación. «Vaya, ya os conocéis.» Y un periodista pidió a Maica que dijera a Pablo que iba a llamarle para una entrevista.

—¿Nos vamos? —dijo Máximo.

—Buena idea. Déjame invitarte a una copa.

No volvieron a tocarse hasta haberse metido en un bar de los alrededores. Allí, Maica le cogió de las manos por encima de la mesa.

—Habíamos quedado en que sólo íbamos a echar una siesta.

—También habíamos decidido que era mejor no vernos. Pero el organismo va por sus propios caminos. Supongo que en el avión, al besarnos, mi organismo y el tuyo intercambiaron importante información.

—¿Con la saliva?

—Seguro que todos esos líquidos son pura información.

—Oye, y ayer, al contarme que te habías despertado burro, ¿por qué dijiste lo de montarme?

—Será por esa cosa de yegua que tienes.

—Hombre, gracias.

—Una yegua es lo más bonito que existe.

—Bien, pues yo te llamaré caballo.

—Prometo portarme como un buen caballo.

Invirtiendo el gesto de Maica, tomó sus manos, las juntó palma con palma, acarició el dorso, besó los pulgares. «¿Volvemos a casa?», preguntó.

—A las diez tendría que irme.

—Pues no perdamos más tiempo.

Salieron apresuradamente en busca de un taxi.

Cuatro

G. H., mi máximo todo. Te escribo este fax sentada en el futón donde lo hicimos el sábado. Te lo mandaré enseguida y así te lo encontrarás esperándote. Tú tardas más en llegar a tu estudio que yo al mío, y si mal no recuerdo, tenías algo que hacer de camino.

Se me ha ocurrido mandártelo mientras, tendida boca arriba, miraba al techo, la masa de sombras verdes y movedizas que proyectan las hojas, pensando en ti. No me he lavado. Quiero llevar conmigo tu preciosa información todo el tiempo que pueda. Y, con ella, tu olor.

Será que junio me pone especialmente receptiva. O sensible. Pero quiero que volvamos a hacerlo aquí el próximo sábado. Y manchar el futón, para que así, después, pueda contemplar la mancha.

Hago y digo cosas que no hice ni dije nunca. Pero también trabajo con más rapidez y eficacia que nunca. Es como si el tiempo me cundiera diez veces más. Y todo el mundo me dice que tengo un aspecto magnífico, que estoy guapísima. No saben que la información que intercambiamos produce ese efecto.

No sé si te deseo porque te amo o te amo porque te deseo. Si es que te amo. Porque el que te lo diga no quiere decir que esté enamorada. Es sólo que lo pienso cuando te deseo. Y de que te deseo, sí estoy segura. Tanto que casi ni me importa tener que vivir con Paul. A veces ni siquiera me acuerdo de que vivimos juntos. Y eso es un verdadero despropósito, pues lo normal sería que se me hiciera más difícil que nunca.

Además es un riesgo. Como también lo es que te mande este fax, que puede ser leído por cualquiera. Por más que sea *tu* número y esté en *tu* despacho: puede entrar alguien y leerlo. Sobre todo si tú aún no has llegado.

Me despediría con una retahíla de procacidades, pero no me atrevo.

H.

*

H. amada. Te contesto a vuelta de fax, recién llegado de la calle. Y es que quiero decirte enseguida que no hay que tener miedo a las palabras, cuando lo que se quiere expresar corresponde exactamente al significado de esas palabras. Lo que pasa es que el español es un idioma que se ha vuelto vergonzoso y cohibido, y tememos que la palabra *amor* resulte cursi. Por eso doy un rodeo y te hablo de *intercambio de información*. Y el caso es que, cuanta más información intercambiamos, más intenso es ese sentimiento. Una información que deseo intercambiar contigo, que no me vale intercambiar con otra, que no es, en una palabra, intercambiable.

El sábado lo haremos en el futón, lo prometo. Y tus recuerdos serán cada vez nuevos, también lo prometo. Tu cuerpo me inspira enormemente, y basta que me sienta inspirado para que tu amiga empiece a crecer, como si quisiera asomar la cabeza para saludarte, humedeciendo el camino con su información.

Yo también trabajo como nunca, tanto en la preparación del libro como en el proyecto de Sevilla. Lo único malo del trabajo es que a veces nos aleja, como ahora, aunque sólo sea por un par de días. El sábado tendré que compensarte por esa separación.

A mí me dicen lo mismo, que se me ve muy bien. Supongo que lo hacen estableciendo una comparación implícita respecto a cuando estaba con Concha. Sin saber que eso es ya la prehistoria, el punto de partida; que el secreto, la verdadera clave eres tú. Aunque me he visto en una foto de hace pocos meses, y la verdad es que tenía un aspecto bastante desmejorado. Sólo ahora me doy cuenta de hasta qué punto mi relación con Concha no tenía otra base, en los últimos tiempos, que mi empeño personal.

Me parece que Paul me preocupa más a mí que a ti. Por lo que me ha contado gente que le conoce, es un tipo muy esquinado, que engorda y adelgaza constantemente. Hay que desconfiar de los gorditos.

Se me ocurre un código que te permitirá decirme todas las procacidades que desees. En ti, 1 es tu boca, 2, las tetas, 3, el clítoris, 4, la vagina y

5, el culo; el 6 eres tú en conjunto. Yo tengo menos números: 1, la boca, 2, la polla, 3, el culo; y 4 es mi número de conjunto. La suma de 6 y 4 es 10, que para los kabalistas es el número del todo, la fusión harmónica.

Llámame al hotel de Sevilla.

Paseo mi 1 por tus cinco números.

G. H.

P. S. Destruye el código de inmediato. Paseo el 1 en orden inverso. 4.

*

Señor de los Números. No he destruido tu código: es demasiado valioso. Lo guardo en un lugar que no escribo, pero que te diré al oído muy de cerca. Mientras hacemos cosas terribles: tu 2 en mi 1 y luego en mi 5.

Realmente hago cosas que nunca había hecho. Como lo de tragarme la información. O lo del 25. Cosas que, o me daban un poco de asco, o pensaba que tenían que hacer daño. Me alegra haber descubierto lo que realmente son gracias a ti. Sabores que quisiera no perder, sensaciones que desearía que durasen indefinidamente.

Hacia el 21 —es una fecha, no números de los nuestros— tengo que ir a Barcelona. ¿No podrías tú encontrar un pretexto para venir conmigo? Me encanta la idea de llegar a un hotel como pareja. Daría cualquier cosa por estar ahora contigo en Sevilla.

Soy consciente de que pongo a prueba el código. Pero me excita forzar las cosas. Y cuando se trata de números, más.

Máximo amor.

H.

*

Amado 6. Me hace feliz que te haga feliz *saber*. ¿Te das cuenta de que ahora *sabes*? Supongo que todo eso estaba contenido en la información que nos pasamos al besarnos en el avión: mujer inexperta, dotada de todos los atributos naturales que se precisan para saber y deseosa de ponerlos en juego. Pero, si me dejas, me propongo hacerte feliz no sólo en la cama sino también en la vida.

Anoche tuve un sueño curioso. Caminaba yo por la acera de la calle donde nací, y en la esquina me topaba con tu madre. Yo sabía que era ella, aunque la verdad es que ni siquiera sé cómo es. Desde esa esquina se ve la casa en la que vivía Concha cuando nos conocimos. Por lo que sé, mi madre tenía que pasar indefectiblemente ante esa casa para ir a la compra. Como sabes, ni la recuerdo. El sueño se refiere a nosotros y, si lo interpreto bien, no es un mal sueño.

Me parece un verdadero hallazgo —del que no puedo gloriarme, ya que fue casi un azar— haberte atribuido el número 6. Sobre todo ahora que ya sabes cuál es el 6º sentido, que incluye a los que le preceden igual que tú incluyes a los cinco que te son propios. Poniendo los míos a tu entera disposición.

G. H.

*

4, amor mío. Si el sexto sentido es el sexo, mi séptimo sentido me pone sobre aviso. ¿De qué? Eso es lo que no sé. ¿El temor a que tanta felicidad se disipe como si fuera un sueño? Tal vez. A lo mejor no es normal que la felicidad dure. O a lo mejor alguna amenaza se cierne sobre nosotros sin que todavía lo sepamos. O a lo mejor no me parece normal estar aquí, en el futón, pensando en ti, y que esta noche tú duermas en tu cama —que ya es nuestra— y yo en la mía, que ya no es mía.

Hoy Paul te ha mencionado. Dice que eres un engreído. ¿Qué mosca le habrá picado? También me ha preguntado por mis proyectos para este agosto. No sé si habré sabido disimular mi estupor. O mi fastidio, al hacerme ver que tiene sus planes para el futuro y que en ese futuro me incluye también a mí. ¡Como si tú no existieras!

Hoy me convendría 13, no me importa de quién a quién. T. Q.

H.

P. D. Ahora que ya te he dicho que T. Q. y que sabes que el sexto sentido no era para mí más que un pasatiempo hasta que te conocí, igual dejas de quererme. A ésta la tengo ya en el bote, podrías pensar; ahora, a otra cosa. Pero yo ni quiero ni puedo disimular.

¿Qué quieres que haga?

*

Esquivo 6. Te recuerdo que el primero en escribir la palabra amor fui yo. Y el primero en decirte que ni podría pensar en otra mujer, creo que también. De modo que de ser válida tu filosofía de ranchera mexicana, yo sería como mínimo tan tonto como tú, y tú no estarías más que esperando la ocasión de poder ensayar con otro todo lo que has aprendido conmigo. ¿De dónde te ha surgido ese desdichado impulso de hablar como si fuera un ligue de lo que no es un ligue, y de aplicar tácticas de aventura a lo que no es una aventura? Tendré que hacerte cosas verdaderamente terribles.

Necesito tu boca y tu culo y tu vagina y tu clítoris y tus tetas, y que ellas me necesiten y se pongan tiesas, y el clítoris se endurezca y la vagina se licue y tus labios se dilaten y el culo te palpite.

G. H.

*

Máximo amor. Dentro de unas semanas tendré que volver a Barcelona. Si tú pudieras acompañarme, me las arreglaría para medio pillar un fin de semana. ¿Te das cuenta de que aún no hemos pasado juntos ni una sola noche entera? Desde Buenos Aires que deseo hacerlo.

Estar aquí, en esta habitación tan tranquila, con tres metros de cama a mi disposición y espejos orientables, me parece un despropósito. ¿Qué hago yo aquí mientras tú estás en Madrid? Tú eres lo único que me importa, sea o no un error decirlo.

La actitud recelosa y hostil de Paul, vamos, la actitud que le es habitual, ya ni me afecta. Eso sí: estaba muy raro cuando me he ido. Y a veces tengo la sensación de estar siendo vigilada. Aparte de que yo diría que mis papeles han sido revueltos.

Bueno, tengo que salir. 1 en 1, 2 y 3.

H.

Cinco

Corberó les fue a esperar al aeropuerto y almorzaron en su casa. Máximo le había conocido diez o doce años antes con motivo de la inauguración de alguna exposición; un hecho que Corberó, igual de flaco, atildado y sardónico, parecía recordar perfectamente. También parecía estar al corriente de que Maica y él salían juntos.

Más que en una casa propiamente dicha, Corberó vivía en un conjunto de casas antiguas adaptadas a las necesidades de un escultor; de hecho, el intrincado núcleo de un pueblo situado a las afueras de Barcelona, desde el que se dominaba toda la ciudad. Máximo pasó bajo las bóvedas probablemente medievales del edificio destinado a exhibir las esculturas, mientras Maica y Corberó seleccionaban la composición de un catálogo.

Tomaron un vino y unas aceitunas en el rincón más umbrío del jardín, y luego almorzaron en el interior, fresco y laberíntico. Había otros invitados, una norteamericana, un persa y un antiguo compañero del colegio. Evocaron las circunstancias exactas de la exposición en la que se habían conocido, ya que paralelamente a una antológica de Dalí, se inauguró otra, probablemente de Joan Ponç o de Josep Colom.

—Yo creo que era de Ponç —intervino Maica—. Porque recuerdo haberme encontrado a Colom, que me dijo que no venía a ver los cuadros sino el local, ya que él iba a exponer más tarde y quería hacerse una idea.

—Muy de Colom —dijo Corberó—. Recuerdo que estábamos cenando con un norteamericano y Colom dijo: «¿Has visto qué derrota, Javier?». Y yo: «¿Derrota?». Y él: «¡Una antológica de Dalí en el Palacio de Pedralbes!». El americano no entendía nada.

—Pues será el único en extrañarse —dijo Maica—. Para Colom es menos importante dar un paso adelante que impedir que lo den otros. Eso lo sabe todo el mundo.

—Sí, nada como una buena zancadilla o un buen codazo en el momento oportuno —dijo Corberó—. Un galerista de Nueva York me contó que había llegado a negarse a exponer si dejaban que en la galería expusiera alguno de los que considera sus rivales.

—Bueno, con los arquitectos pasa lo mismo —dijo Máximo—. Y eso que la arquitectura es más un negocio que una de las bellas artes.

—Es que la pintura y la escultura también tienen más de negocio que de arte —dijo Corberó.

—Y la novela —dijo Maica—. Pregúntale si no a Pablo.

—No creáis, entre los hombres de negocios pasa lo mismo —dijo la norteamericana—. Es un mundo dominado por los celos.

—El modelo es el marido celoso —dijo Corberó.

—Figuras respetables todas ellas —dijo Máximo—. Lo contrario de lo que pasa con el gigoló, que es la figura que más solivianta los ánimos. Por intruso, por las cualidades sexuales que se le atribuyen. Con algunos políticos pasa algo parecido: la gente los detesta al margen de lo que hagan o dejen de hacer. Y cuanto menos concretos sean los reproches que se les hacen, mejor.

—Tipos como Guerra —dijo Maica—. O como Verstrynge, que daba la imagen contrapuesta. ¿Os acordáis de Verstrynge?

—Los entusiasmos que despiertan son individuales; la hostilidad, colectiva —dijo Máximo—. Lo mismo que un gigoló, que un playboy de fama internacional. Tendrá miles de fans. Pero, en un momento dado, la multitud podría lincharlo.

—Es curioso que, en cambio, nadie pensara en linchar a Franco —dijo Corberó—. A Franco se le reservaba, como mucho, uno de los juicios que se hacen a los criminales de guerra.

—Es que su figura era como la de un padre tiránico —dijo su antiguo compañero de curso—. Por eso la gente ni se atrevía a protestar. ¿Cuántos atentados hubo contra su vida?

—Yo lo hubiera hecho si me hubieran dejado en mi época de militancia —dijo Máximo—. Pero el PC no estaba por la labor.

—Hombre, es que todos ellos hubieran tenido que reciclarse —dijo Corberó.

—Pues yo andaba dando vueltas a cómo hacerlo yo solita cuando murió —dijo Maica—. Recuerdo que estaba en primero de carrera.

Habían comido y bebido más de la cuenta, de puro distraídos; demasiado como para hacer frente a la tarde con una cabeza mínimamente despejada, de modo que, antes de irse, contrarrestaron el efecto a fuerza de café. Y Máximo y Maica habían alcanzado el punto óptimo, libres de todo embotamiento y, al mismo tiempo, despreocupados de todo problema no inmediato, cuando hacia media tarde se encontraron en una habitación amplia y silenciosa, como si fueran los únicos habitantes no ya de todo el hotel, sino de la ciudad entera y, bajo la ventana, el Paseo de Gracia se hallara desierto, sin el menor impedimento para que se centraran por entero el uno en el otro.

Se empezaron a besar y acariciar en la ducha y siguieron haciéndolo mientras caían sobre la cama semienvueltos en las toallas de baño. Máximo chupándole los pechos, la mano entre los muslos hundiendo los dedos en horquilla, dilatándole el culo primero con el índice, luego con el pulgar, elaborando una espiral de círculos cada vez más amplios. Le dio bruscamente la vuelta, hundió la lengua entre las nalgas y luego nuevamente los dedos antes de ponerla a cuatro patas y, arrodillándose, penetrarla rato y rato, incrementando el ímpetu y suavizándolo alternativamente hasta terminar en la más desbocada de las cabalgadas.

Descansó sobre su espalda, ambos sin resuello, y se quedaron dormidos. Probablemente no más de unos minutos, pero al despertar, el sol había desaparecido de las hojas de los plátanos que despuntaban tras la ventana.

—Joder —dijo Maica—. Y yo que siempre había creído que dolía y que había que utilizar cremas y cosas así.

Se hallaban tendidos de costado, frente a frente, besándose, acariciándose mansamente. Hasta que ella dijo: «Ahora te voy a enseñar lo que vale un peine», y sus cuerpos se pusieron de nuevo en acción, como entregados a una sorda y furiosa lucha que sólo abandonaron al caer ambos de nuevo derrumbados, como sin sentido.

—Un día te violaré —amenazó Maica.

—Ya lo haces a tu manera.

—Pues lo haré metiéndome de cuerpo entero.

Al llegar al hotel habían decidido acercarse a Las Ramblas, paseando, y cenar por ahí. Pero se les había hecho tarde y ahora les daba pereza, de modo que cenaron algo ligero en un restaurante de las cercanías, abierto al ambiente veraniego de la calle. Maica parecía ensimismada.

—Ayer Paul volvió a mencionarte —dijo—. Insistió en que eres un engreído.

—Pues no le conozco.

—Él dice que sí. Y tiene buena memoria. Aunque tú no lo recuerdes, seguro que habéis coincidido en alguna parte.

—Es posible. Pero no sé qué base pueda tener para considerarme un engreído.

—Seguramente sospecha algo.

—Lo que debes hacer es dejarle. Aunque no vayamos a vivir juntos. No tiene sentido que sigas así.

—¿Y por qué no habríamos de vivir juntos? ¿Ya no me quieres?

—Claro que sí. Me refiero a que lo de alejarte de Paul es algo que te convendría aunque yo no existiera. Que viviéramos juntos fui yo el primero en sugerirlo.

—Podrías haber cambiado de opinión.

—¿Por qué?

—Porque yo te dije que sí.

—¿Y eso hace que automáticamente deje de quererte?

—En teoría.

—En la práctica es todo lo contrario.

Una conversación que, sólo unos días más tarde, ya en Madrid, considerada en su conjunto, se reveló cargada de intuiciones premonitorias. Fue a la vuelta de Cáceres, donde había hecho noche; por la mañana, tras visitar una obra, había vuelto a Madrid.

Maica le había llamado al estudio y él la llamó al suyo: no contestaba. Máximo pensó que era mejor no llamarla a casa y, al terminar el trabajo, se fue directamente a la suya, dejando para otro día un par de recados. El teléfono sonó al poco rato. Era Maica.

—Me he ido de casa.

—¿Qué ha pasado?

—Intentó poco menos que estrangularme. Lo sabe todo.

—¿Dónde estás?

—En el estudio.

—Voy para allá.

II

El Vals Brillante

Uno

Contempló su imagen en la pantalla apagada del ordenador: el perfil terso de la mejilla, el ángulo externo de las gafas, el pelo planchado de las sienes, el brillo de la frente en su entrega a una incipiente calva; detrás, la silueta del flexo, como a la defensiva, y colgando del techo, una esfera luminosa a modo de luna llena. Ante el ordenador, un café a medio tomar y un cigarrillo humeante. Examinó la limpieza de sus uñas, olfateó las puntas de los dedos: olían a nicotina.

Encendió el ordenador y buscó como al azar, de modo automático, demorándose aquí y allá, hasta que en la pantalla apareció lo que buscaba: *Calendario Perpetuo.* Y debajo: Pablo Pérez Montalbo. Contempló el título durante unos minutos, meditabundo, y apagó. Apuró el café, ya casi frío, y volvió a encender. Tras una breve pausa, inspiró, soltó un soplido, y empezó a escribir de corrido, sin pausas:

«Argumento 34. Planteamiento. Un agente de seguros de mediana edad secuestra —atrayéndola mediante engaño— a una joven desconocida. La lleva a un chalet que tiene en la sierra, y allí la desnuda y ata a un camastro dispuesto en el sótano donde, tras violarla y someterla a todo tipo de vejaciones, empieza a torturarla. Ella tiene la boca tapada con cinta aislante, de modo que no puede hablar ni gritar, pero oye perfectamente. Eso permite al secuestrador anunciarle que piensa torturarla hasta la muerte, sin que a ella le sea posible hacer nada para impedirlo, ni tener esperanza alguna de ser salvada.

»La tortura casi exclusivamente con las manos, protegidas por guantes de cocina, aunque también utiliza cordeles y alfileres para provocar contracciones. Le divierte y entretiene hacerlo. Cuando se cansa, se va a su casa. Y, al regresar, la pone al corriente de que, aunque ya la echan en falta, nadie sospechará que se encontraba allí, porque no hay lazo alguno que les una, ni motivo para que él, una persona respetable, haga daño a una chica de la que ni conoce el nombre. Y cuando muera, ni siquiera encontrarán nunca el cadáver, ya que, literalmente, lo convertirá en picadillo.

»Contenido: metáfora de la condición humana, de cómo se ensaña la vida con determinadas personas. De su esencial injusticia.»

Pablo se enderezó ante el ordenador. Meditó durante unos instantes y archivó cuanto había escrito.

Se fue a la sala y se sirvió un whisky. Oyó a su espalda los pasos de Manoli. «Señor, me voy a hacer la compra —anunció Manoli—. Lo digo por si llaman a la puerta». Pablo, hundido en su butaca, no contestó.

Tras cerciorarse de que no había mensajes en el contestador se llegó como deambulando, con el whisky en la mano, hasta el cuarto de baño. Dejó el whisky ante el espejo y echó un vistazo al armarito donde Maica guardaba sus cosméticos. En primer término, ante diversos botes de crema para el cutis, un tubito rosa en el que podía leerse: «Vaseline Care». Desenroscó el tapón y examinó su contenido: se trataba, en efecto, de un tubito de vaselina, y había sido usado. Sintió que el corazón le daba un vuelco, que su respiración se agitaba.

Se llegó al ropero y registró los armarios y, en especial, el contenido de los bolsos y bolsillos. Nada. Registró entonces su escritorio, en la biblioteca: el contenido de los cajones, los escritos y anotaciones, todo entraba en la normalidad más rutinaria. Consideró casi con agobio las hileras de libros y más libros de las estanterías: cualquiera de aquellos libros podía guardar un secreto entre sus páginas. Dejó sonar el teléfono: prefería escuchar la llamada más tarde, en el contestador.

Se dirigió al dormitorio, inspeccionó la mesita de noche. Nada especial entre las cosas que había junto a la luz, ni dentro del libro, ni en el estante. Desplegó el pijama doblado bajo la almohada, examinó los fondos del pantalón: había como un asomo de mancha; seco, no graso. Lo olfateó infructuosamente. ¿Y si le estuviera reservando una sorpresa? Improbable. ¿Por qué habría de hacerlo? Volvió a disponer el pijama bajo la almohada. Se sentía herido por un sentimiento contradictorio, mezcla de sufrimiento y excitación.

Comió solo, entretenido por la charla con Manoli, por sus opiniones sobre el mundo en general y el marido en particular, preguntas y respuestas que no por conocidas dejaban de divertirle. Una concepción de la vida al mismo tiempo pesimista y despreocupadamente alegre, que más de una vez había recogido en sus novelas como expresión de la mentalidad popular.

Salió a comprar tabaco; de hecho, a pasear un rato, pero la tarde, más que de primavera, parecía de invierno, desabrida y hostil, y regresó al poco rato. En el contestador, entre otros mensajes, había uno de Maica: que no la esperase a cenar; tenía un cóctel que podría alargarse. Tan lacónica como siempre.

Sentado ante el ordenador, sacó de nuevo *Calendario Perpetuo*. Buscó en el índice el apartado «Núcleo Argumental». En la pantalla apareció un breve texto:

«Autobiografía trazada a partir de las constantes de una vida al margen de todo transcurso temporal».

A continuación escribió un nuevo párrafo:

«Especial relevancia de las mujeres. La madre ausente (muerta). El fracaso del primer matrimonio. El segundo matrimonio como repetición. Novias y amigas. Ligues y aventuras. El denominador común. Los hitos o pautas. Los ritmos».

Maica llegó antes de lo esperado, justo cuando Pablo terminaba con los espárragos y el yogur que había tomado por toda cena, en la cocina. Se cruzaron en el pasillo.

—¿Lo has pasado bien? —preguntó Pablo.

Se arrepintió cuando aún estaba diciéndolo;

hubiera querido evitar todo retintín, toda sorna. Pero no pudo remediarlo. Maica, sin embargo, no pareció advertir segundas en sus palabras.

—No especialmente —contestó dirigiéndose hacia el ropero.

—Te espero en la sala; yo ya he cenado.

Se sirvió un whisky y puso la tele. Oyó el ruido de los tacones de Maica contra el parquet, aproximándose. Un sonido que le irritaba.

—¿Qué quieres?

—Ofrecerte un whisky.

Maica bebió un sorbo de su vaso.

—Así está bien. Bebo demasiado. Todo el mundo bebe demasiado.

Se dio la vuelta. «Ah —dijo desde la puerta—. Mañana me voy de viaje». Los tacones volvieron a sonar en el pasillo.

Pablo se bebió el whisky sin prestar atención a lo que daban en la tele, el sonido casi inaudible. Maica había ido al baño y, por los pasos —ahora sin tacones—, dedujo que se iba directamente al dormitorio. El corazón volvió a palpitarle con fuerza. ¿Y si su intuición era cierta, si realmente le estaba reservando una sorpresa?

Se encaminó apresuradamente al baño, empezando a desnudarse por el camino. Examinó con atención el tubito de Vaseline Care: podía haber sido usado, pero no estaba seguro. Entró con cuidado en el dormitorio, encendió la luz de su mesilla de noche, se deslizó con sigilo entre las sábanas. Maica dormía o aparentaba dormir tendida boca abajo. Pablo introdujo la mano a partir de la cintura elástica del pijama, entre las nalgas, hasta alcanzar el ano: estaba seco. Maica se agitó semidespierta. «¿Qué haces?», dijo dándose la vuelta.

Coincidieron a medias a la hora del desayuno, en la cocina; Pablo se había propuesto levantarse al mismo tiempo que ella, pero volvió a dormirse un rato más y, cuando se asomó a la cocina, Maica estaba tomando su última taza de té.

—No te he preparado café —dijo—. Pensé que esperarías a Manoli. Pero te lo preparo en un momento.

—¿Adónde dices que te vas?

—A Buenos Aires. Te pondré un fax cuando llegue.

Pablo se llevó el café a la sala de estar y se fumó un cigarrillo ante la tele apagada; Maica había conseguido que dejase de hacerlo en el dormitorio, el baño y la cocina. Meditó acerca de su éxito como escritor y su falta de éxito con las mujeres. «Estéril hasta en eso», pensó.

Aquella vez, durante el rodaje de la adaptación cinematográfica de una de sus novelas, en que quiso ligar con la actriz que interpretaba el papel de la protagonista; tuvo que conformarse con la *script*, por lo demás, una buena chica.

Dos

¿Había dicho que le mandaría un fax al llegar o, simplemente, que le mandaría un fax? Porque, veinticuatro horas después de que el avión saliera de Madrid, Maica seguía sin dar señales de vida. Y en la práctica, incluso teniendo en cuenta la diferencia horaria —ahora allí serían las seis de la tarde—, la primera jornada en Buenos Aires estaba tocando a su fin. Claro que aún podía mandar el fax al llegar al hotel, antes de cenar. Después, más tarde, ya parecía poco probable, sobre todo teniendo en cuenta la diferencia horaria.

A las dos de la madrugada, mientras leía en la cama sin enterarse de lo que leía, Pablo decidió telefonear. ¿Por qué no? Y lo hizo.

—¿Hériz? No, señor. La señorita Hériz no se encuentra aquí.

—¿Quiere usted decir que la señora Hériz no se aloja aquí?

—Sí, sí, señor, se aloja aquí. Sólo que se encuentra ausente. Habrá cenado fuera. ¿Le dejo algún mensaje?

—No, volveré a llamar —dijo Pablo.

«Que ha llamado un colega», quiso añadir tardíamente. Empezó a decirlo, pero a media frase se dio cuenta de que habían colgado.

Temía no dormir y dobló la dosis de somnífero. El resultado fue el mismo que si no hubiera tomado ni la habitual. A las cinco estuvo a punto de volver a llamar: en Buenos Aires debía de ser la una. Pero podía seguir sin haber vuelto. O estar con alguien en la habitación; no, eso parecía muy poco verosímil. A Maica le iba más dejarse llevar, terminar en la habitación de otro. Aunque también cabía en lo posible que simplemente hubiera salido en grupo a cenar, y de copas, como suele hacerse en estos casos. Se tomó un somnífero más.

El sueño tardó en llegar, y fue agitado y breve. Al despertar, la luz del día se proyectaba en estrías radiales y ya no logró volver a dormirse. No había llegado ningún fax. Pero como si la luz del sol le diera fuerzas, decidió no volver a telefonear. Si había estado con alguien, se lo notaría enseguida en cuanto la viera. Ya se encargaría entonces de hacerla arrepentirse de haberlo hecho. Lo que no tenía sentido era dar ahora una prueba de debilidad llamando por teléfono.

Trabajó un rato con sorprendente eficacia, inspirado y lúcido como pocas veces. Hasta que un pensamiento, súbito, acuciante, se interpuso entre él y cualquier actividad que pudiera desarrollar. ¿Qué se habría hecho del tubito de vaselina? Buscó entre los cosméticos, en el resto del baño, en la mesita de noche. Inútil: el tubito de Vaseline Care había desaparecido.

Se sirvió un whisky. Consultó el reloj: en Buenos Aires, las nueve de la mañana. Telefoneó al hotel: la señorita Hériz no estaba en el hotel. Sí, seguro, su llave estaba en Recepción. ¿Quién le decían que había llamado? «Un colega», intentó decir Pablo. Pero le salió un sonido gutural y atiplado, y colgó.

Lo que se temía: que tarde o temprano, con Maica, se repitiera lo de la otra vez con Lola. ¿Le había puesto en guardia el hecho de que Maica se hubiera ido precisamente a la Argentina? Sólo que, entonces, quien estaba en Argentina era él. En la Pampa, ambientándose para una novela que, presumiblemente, iba a ser adaptada al cine. Perdido en una ciudad de mala muerte y alojado en un hotel de lo más cutre, lleno de pretensiones. Y, al término de una noche desolada como la propia Pampa, asediado por el insomnio, llamó a casa: había tenido la intuición de que Lola estaba con otro, de que no iba a encontrarla en casa aunque en Madrid fueran las tres de la madrugada.

Gracias a que era esa hora, probablemente, le dieron línea enseguida. Y Lola estaba en casa. En la cama. Con otro. Chupándosela. Así mismo se lo dijo. «Ah, ¿eres tú? Pues mira, yo aquí. Estoy con un chico que he conocido.» O tal vez dijo: «Con un amigo que he conocido». O, más probablemente: «Con un amigo, con un chico que he conocido». Y, en cualquier caso: «Y se la estoy chupando».

¿Intentó matarle a distancia? ¿Provocarle un ataque al corazón en plena Pampa? El dolor que sintió fue tan intenso que poco tuvo que faltar para que lo consiguiera. Porque no era una broma. Dijo: «Si vieras cómo se le pone...», soltó una risa, y colgó. Para dejar descolgado y que él intentara volver a llamar una y otra vez. Mientras, no podía dejar de imaginar lo que estaba pasando junto a aquel teléfono descolgado. ¿Por qué, si no, había dicho aquello de «si vieras cómo se le pone»? Para obligarle a imaginar mientras intentaba en vano hacer algo para impedirlo.

Una crueldad que no imaginaba en las mujeres cuando, de niño, se masturbaba pensando en ellas, sin saber siquiera de su cuerpo mucho más de lo que conocía por determinadas ilustraciones. Muy al contrario: por aquel entonces le excitaba imaginarlas como víctimas, y a él, como su verdugo. Someterlas al tormento de la rueda, desnudas, en una mazmorra medieval. O que, colgadas de un techo abovedado mediante una cadena, las desnudaba a latigazos. Recuerdos nítidos, aunque acaso algo estilizados por el paso del tiempo, que ahora le llevaron a sentarse ante el ordenador y a introducirlos en *Calendario Perpetuo*, bajo el epígrafe: «C. P. Pajas de infancia». Escribía desordenadamente, según los recuerdos se sucedían.

Se la pelaba con mucha frecuencia. Intuyó que «pelársela» era aquello no bien oyó la expresión en el cole, sin necesidad de que nadie le explicara el significado. Y eso, antes de saber que prácticamente todos sus compañeros lo hacían. Y, ni que decir tiene, antes de saber que las chicas también se tocaban. Cuando él empezó pensaba que era el único, y en esa creencia se mantuvo durante un tiempo, quizás años. Pero, incluso tras enterarse de que no era así, le hubiera resultado insoportable ser descubierto, desenmascarado. Nunca más hubiera podido mirar a nadie a los ojos.

No obstante, pensar que las chicas también se la pelaban (¿o se decía se «lo» pelaban? ¿O no se decía eso de las chicas?) contribuyó a que se le hiciera aún más difícil aproximarse a ellas, abordarlas. ¿De qué iba a hablarles? ¿Cómo disimular para que no adivinaran lo que él les hacía imaginariamente cuando se masturbaba, las torturas a las que las sometía? Mientras que él nunca hubiera sido capaz de suponer que ellas también se tocaban, o se lo pelaban o como quiera que se dijera. Ni, menos aún, de adivinar lo que andaban fantaseando cuando lo hacían.

Le daba miedo, además, que la erección que tenía con sólo pensar en ellas no la tuviera al estar con ellas. De hecho, la calentura que le entraba simplemente pensando, se le disipaba no bien entablaba conversación con alguna, por mucho que le gustase. Y le daba pavor la idea de encontrarse a solas con ella, sin otros chicos y chicas por ahí cerca. ¿Qué clase de iniciativa se esperaba de él en semejante situación? Temía, fuera cual fuere la iniciativa que tomara, ser torpe, inepto, decepcionante. No estar a la altura, no ya de lo que ella pudiera esperar, sino de lo que otros, los demás, que aparentemente no tenían sus problemas, solían hacer en esos casos, creando un precedente, una respuesta convencional que se convertía en norma a ojos de las chicas. Un terreno, para él, totalmente desconocido.

El fax de Buenos Aires llegó a primera hora de la tarde:

«Todo bien. Una periodista de *La Nación* me ha dado recuerdos para ti. Y un tipo del consulado me ha dicho que te piensa invitar no sé qué asociación para que les des una conferencia. Vuelvo el lunes. Maica».

Escueta, lacónica, siempre como procurando ofrecer el menor blanco posible. Su olvido del nombre de la organización que iba a invitarle era de lo más revelador: le recordaba que era la mujer de un escritor famoso y eso la hacía sentirse disminuida. Pero ¿en qué sentido y con qué intención mencionaba lo de la periodista? ¿Tendría celos? ¿Estaría pensando en buscarse una excusa, atribuirle una ocasional aventura para tener la libertad de hacer a su vez lo propio?

Buscó en el ordenador, vía Internet, información sobre la exposición en Buenos Aires. Encontró los nombres de algunos de los artistas participantes; no se mencionaba más que a unos pocos. Pablo valoró el atractivo personal de dos o tres de ellos. Pero ¿y los no mencionados, o los que no eran españoles o los que pura y simplemente no eran artistas?

Tres

El regreso de Maica había incidido muy desfavorablemente en el trabajo de Pablo. Desde que ella respondió con el «muy bien» de rutina a la pregunta de cómo le había ido por Buenos Aires, Pablo se sintió incapaz de trabajar, tanto en *Calendario Perpetuo* como en sus anotaciones relativas a futuras novelas: era como si de pronto, cuanto material se hallaba almacenado en el ordenador le resultase irrelevante, ajeno.

Al término del almuerzo, tras hacer balance de los escasos comentarios que había logrado sacarle, Pablo llegó a dos conclusiones. Por un lado, la impresión de que algo había pasado, de que Maica se comportaba de un modo aún más distante que antes del viaje. Por otro, que ese algo guardaba relación con un nombre que Maica había mencionado por dos veces: Máximo Gómez Hugarte. Más que en esa doble mención, hecha como de pasada, de forma casual en ambos casos, entre las de otros nombres de gente que había conocido, las sospechas de Pablo se basaban pura y simplemente en un golpe de intuición, en la señal de alerta que le recorrió a flor de piel al oír a Maica pronunciarlo, cada una de las dos veces.

En su juventud, durante el franquismo, Gómez Hugarte y él habían coincidido en algún que otro acontecimiento cultural que era, en realidad, un acto de oposición al Régimen. Por aquel entonces Gómez Hugarte ya era una figura conocida en los medios intelectuales, y Pablo le admiraba tanto por su arquitectura y sus escritos teóricos, en la linde del pensamiento filosófico, como por la independencia de su actitud moral y política, expuesta con ironía, casi con descaro. Pero, años más tarde, cuando Pablo era un escritor más que conocido, al ser presentados en un cóctel, Gómez Hugarte se comportó, no ya como si no se hubieran visto en la vida, sino como si no supiera a ciencia cierta quién era Pablo Pérez Montalbo. Una reacción desconcertante que, bajo una apariencia de puro despiste, escondía matices difíciles de interpretar: no ya el habitual desdén que algunos manifiestan hacia los escritores de éxito, como si el éxito los convirtiera en escritores de segunda. No: en este caso su comportamiento fue más bien el de quien incluso finge ignorar que está hablando con un escritor de éxito. Poco menos que negarle el derecho a existir.

Lo raro era que Maica no le hubiera conocido antes. Si es que no se conocían. ¿Y si resultaba que ya se conocían? ¿Y si habían planeado el viaje juntos? Aunque, de haber sido así, Maica jamás hubiera cometido el error de pronunciar su nombre nada más llegar.

—¿Te molestó que te dieran recuerdos para mí?

—¿Quién?

—Una periodista, ¿no?

—¿Por qué habría de molestarme?

—Por principio, supongo. Como vas por el mundo de soltera.

—¿Y cómo se va por el mundo de casado?

—Joder, ya me entiendes. De mujer libre. Con luz verde.

—Eso sí que me sorprende. No tengo vocación de taxi.

—Pues no das esa impresión. La impresión que transmites es precisamente la de andar buscando pasaje.

Maica no contestó. Terminó su café, desapareció durante unos minutos y la puerta del piso sonó al cerrarse sin que se hubiera asomado ni a decir adiós.

Pablo registró el armarito de los cosméticos: el tubito de Vaseline Care seguía sin aparecer. Lo encontró al revisar el ropero, en un bolsillo interno de la maleta que Maica se había llevado a Buenos Aires: los costados del tubo presentaban señales inequívocas de haber sido levemente presionados a fin de utilizar una pizca de vaselina. Lo dejó donde estaba.

Al día siguiente no necesitó comprobar si seguía allí, ya que se encontró con que lo tenía ante sus narices no bien abrió el armario de los cosméticos. Había vuelto a ser usado, ya que el pequeño tapón se hallaba mal enroscado y algo pringoso; era evidente que Maica lo había utilizado antes de salir de casa.

Pero el impacto producido por el descubrimiento quedó pronto sobrepasado por el de un nuevo enigma: una anotación muy reciente que, pese al desorden, destacaba de inmediato entre los demás papeles dispersos sobre el escritorio de Maica. Un enunciado escueto: *El Vals Brillante*. Sólo eso. Escrito con bolígrafo en un papel en blanco, la pequeña hoja cuadrada de un taco para notas. Algo capaz de desencadenar de inmediato toda una cadena de asociaciones de ideas. Un vals. Un impetuoso seductor. La receptividad de una mujer romántica. Radiantes arañas de cristal. La lustrosa superficie de un piano. Chopin y George Sand. La Cartuja de Valldemosa. El romance de dos amantes huidos a un lugar bello y remoto. Brillantina. Vaselina.

La exaltación que le poseía cambió de signo, dando un giro euforizante, cuando una llamada de la editorial vino a interrumpir el hilo de sus pensamientos. Ana, la responsable de derechos de autor, le informó de la contratación de diversas traducciones de sus obras, una de ellas por vez primera al japonés. ¡Bien! ¡Excelente augurio! Mientras oía hablar a Ana tuvo, además, una idea, que puso en práctica nada más colgar el teléfono: llamar a Investigaciones Vázquez y anunciar que iba para allá. ¡Bingo!

En el taxi perfeccionó el proyecto. Se sentía dinámico, las ideas rebosándole a borbotones, en posesión de una luz graduable y orientable que le permitía tanto la visión global, de conjunto, como, simultáneamente, la captación del detalle en apariencia más insignificante. Al dejar el taxi y encaminarse hacia los ascensores, tenía ya la impresión de haber logrado darle la vuelta a la situación, de haber pasado de ser espectador a director de escena.

La idea inicial había sido la de plantearle a Vázquez la historia como si se tratara de una exigencia más de alguna de sus novelas. Pero Vázquez se hubiera dado cuenta enseguida de lo que sucedía, tanto más cuanto mayor fuera el número de datos y puntualizaciones que precisara, de manera que le contó la verdad: quería vigilar a su mujer. Eso sí, lo hizo como si se tratara de un juego, de un encargo que le hacía como por curiosidad, y así pareció tomárselo Vázquez, casi como una divertida broma, o al menos, ésa fue la apariencia que consiguió dar al asunto. De momento, explicó, concentrarían la vigilancia en torno al estudio donde Maica desarrollaba su actividad profesional y, a partir de ahí, radialmente, extenderían el seguimiento a quienes mantuvieran con ella una relación más o menos asidua.

Pablo volvió a casa caminando, muy animado. «Radialmente», pensó: tenía todos los hilos en sus manos.

Preguntó a Manoli si Maica le había dejado algún recado.

—No, que yo me haya enterado.

—¿Que a veces no se entera o qué?

Tenía cada salida aquella Manoli... Y tanto meterse con su marido... A veces daba la impresión de que, a su modo, intentaba imitar a Maica, hablar como ella. Habría que ver si no la estaba encubriendo. En caso de conflicto, la veía muy capaz de ponerse de su lado, ya que parecía haberla tomado por modelo. Aunque quien la pagaba era él. O precisamente por eso.

Se sirvió un whisky. *El Vals Brillante*. ¿Sería él, fuera quien fuese, un hombre de ingenio rápido, algo que él siempre había envidiado: que otros —a lo mejor menos inteligentes— fuesen no obstante más rápidos y tuvieran un sentido del humor del que él carecía? ¿Un hombre lleno de vigor? ¿Que a lo mejor hasta sabía bailar? ¿Se llamaría Máximo Gómez Hugarte?

Cuatro

A la altura del betún. El tubito de vaselina y la moral. El tubito, literalmente: lo había dado ya por desaparecido, cuando lo encontró poco menos que casualmente en el cajón de las cremas para el calzado. Pablo intentó reconstruir sin éxito el tipo de razonamiento que pudo llevarlo a semejante lugar. ¿Mensaje simbólico de Maica?

En cuanto a la moral, ¿cómo remontarla en su situación? La ausencia de novedades por parte de Vázquez se convirtió en un imprevisto goteo diario de decepción, cuyo efecto no hacía sino acentuarse con el paso de los días y las semanas. Cuando la pasividad que suponía esperar en casa alguna clase de noticia se le hizo insoportable, empezó a tomar por costumbre ser él quien llamaba a la agencia a diario por si le habían telefoneado mientras se hallaba ausente o el teléfono estaba ocupado. El resultado nulo de esas llamadas y el hecho de que le propusieran como con cansancio que, si quería, le mandaban por fax un informe diario de cuanto había hecho Maica, por irrelevante que fuera para la investigación, le llevó de nuevo a la espera sin fin, una espera de noticias que soportaba cada vez peor, con mayor irritabilidad y desasosiego. De poco le sirvió plantarse en la agencia y hablar personalmente con Vázquez.

—¿No será que se ha dado cuenta de que la vigilabais? Maica es muy observadora.

—Imposible. Puedes poner la mano en el fuego.

—Hombre, yo diría que más bien es a ti a quien corresponde ponerla.

—Pues la pongo. Lo único que puede ocurrir, si mantiene una relación asidua con una persona, es que esa relación se haya interrumpido temporalmente porque esa persona esté de viaje o por cualquier otro motivo. Lo que significaría, como máximo, un pequeño retraso en la obtención de resultados.

La solución, a su entender, estribaba en reducir la vigilancia a niveles de mantenimiento, dándole un carácter más selectivo; al más mínimo indicio de actividad sospechosa, volverían a emplearse a fondo.

La incomunicación con Maica, tras casi cuatro años de convivencia, jamás había sido tan grande. Apenas se veían y, cuando en algún momento del día coincidían en cualquier punto de la casa, a Pablo, más que herirla con alguna frase, le apetecía no hablarle en absoluto, hacer con ella lo que ella hacía habitualmente con él. Una actitud que, debidamente paladeada, llegaba a ofrecer aspectos placenteros: comer en silencio, sin mirarse, meterse en cama sin decir palabra.

En relación a su trabajo, Pablo también advirtió un cambio, se sentía falto de ideas en relación a las dos o tres tramas argumentales que venía desarrollando, mientras que, por el contrario, no bien comenzaba a dar vuelta mentalmente a sus anotaciones relativas a *Calendario Perpetuo*, tenía que sentarse ante el ordenador y empezar a escribir. Se trataba, principalmente, de notas de carácter introspectivo, decisivas muchas de ellas en cuanto al sentido profundo de la obra.

«Final de una relación amorosa —había escrito—. Análisis de los elementos repetitivos existentes respecto a situaciones análogas producidas en el pasado».

«Característica principal de la crisis: ausencia de marcha atrás; se rompe con una mujer y no se la vuelve a ver en la vida; se interrumpe una relación profesional o algún tipo de colaboración, y no hay reconciliación que valga; se deja de ir a un sitio y ya no se vuelve a pisar el umbral en la vida. Intransigencia, decisiones sin margen de componenda, irreparable todo como la misma muerte. Actitud que podría entenderse como un recurso al exorcismo.

»Un molusco guarecido por dos valvas. Saberse traicionado, tener conciencia de ser víctima de la traición: ésa es la segunda. Una traición que no hay que confundir con la simple infidelidad.»

Se hallaba ante el ordenador intentando asegurarse de que el material que archivaba resultase suficientemente claro, en primer término, para sí mismo; de que era, en consecuencia, comprensible para un eventual lector, cuando llegó la sorpresa en forma de llamada telefónica: la voz de Vázquez pronunciando palabras que le costaba trabajo creer que realmente pudiera estar oyendo, por premeditadamente vagas que fueran, ya que como el propio Vázquez había dicho, no eran cosas para hablar por teléfono. El sábado, vino a decir, ella había recibido a un amigo en su estudio y, como la anormal duración de la entrevista les aconsejó acentuar la vigilancia, el domingo por la tarde pudieron comprobar que ella le devolvía la visita, cuya duración fue asimismo no menos prolongada. Positivos todos los indicios. Convicción de haber hecho diana. Si Pablo quería le mandaba el informe por fax.

—¿Sabéis quién era él?

—Máximo Gómez Hugarte. Arquitecto.

Pablo siguió sentado ante el ordenador, pensativo. Al rato, escribió:

«Estructura de la obra: acorde con la rotación de las estaciones, preñada cada una de ellas de acontecimientos separados en el tiempo (los años) y en el espacio».

No fue fácil hacerse con la llave del estudio de Maica; si existía, la guardaba allí, no en casa. El llavero lo llevaba siempre en el bolso, y Pablo tuvo que esperar a que ella tomase un baño en lugar de una simple ducha, para hacerse sacar una copia en una ferretería próxima y devolver el llavero al bolso antes de que Maica terminara.

Sus reiterados registros le permitieron comprobar que la anotación relativa al *Vals Brillante* había desaparecido sin que sus fragmentos se encontraran en la papelera. La dirección y el teléfono de Máximo Gómez Hugarte figuraban exclusivamente en su directorio de bolsillo, por el apellido. En cuanto a la ropa interior que dejaba para lavar, el aspecto que presentaba era siempre normal.

El anuncio de que se iba a Barcelona, hecho con el laconismo habitual en ella, sirvió de excusa para que Pablo se llegara personalmente a Investigaciones Vázquez, algo que deseaba hacer desde hacía días.

—¡Valiente agencia! ¡Que tenga yo que informaros de sus movimientos!

—No es tan raro que te enteres tú antes. Nosotros nos hubiéramos enterado de cualquier modo, no te quepa duda. Y eso es lo que importa.

Vázquez parecía herido en su amor propio, pese a la sonrisita. Mejor, así espabilaría.

—Os hubierais enterado al verla subir al avión.

—Y nosotros hubiéramos subido con ella.

—¿Y si el vuelo estuviera completo?

—Alguien la estaría esperando en Barcelona, puedes estar seguro. Algo de eso maliciábamos. Ella y el arquitecto se traen una especie de juego en clave numérica, algo así como jugar a barcos, que, por lo simple, no es sencillo descifrar. El número 25 corresponderá a Barcelona, pero hubiera podido corresponder a cualquier otro lugar.

El lunes, cuando llamó a última hora de la mañana, Vázquez aún parecía un tanto picado, puntilloso en su afán de demostrar la profesionalidad y precisión de sus servicios.

—El informe de Barcelona es concluyente. Comieron en casa de un artista escultor y se alojaron los dos en la misma habitación del hotel, reservada a nombre de Máximo Gómez Hugarte. Tenemos fotos. ¿Te mando un fax?

—No. Estoy esperando un fax de Estados Unidos. Además ella viene a comer y no me gusta dejar papeles. Me paso después del café.

Las fotos le decepcionaron. Se veía a Maica y a Gómez Hugarte tomando un taxi en el aeropuerto, entrando y saliendo del hotel, paseando cogidos de la mano y cenando en un restaurante.

—¿Qué tiene esto de concluyente? —preguntó.

—Más que las fotos, la evidencia de que pasaron la noche en la misma habitación.

Pablo se encogió de hombros.

—No son evidencias legales lo que me interesa. Quiero fotos verdaderamente comprometidas. Es decir, comprometedoras.

Buscó comprensión en los ojos de Vázquez; la encontró.

—Entiendo. Cuenta con ello.

Cinco

Una sensación como de júbilo: Maica sentada frente a él, comiendo tan modosita y callada, sin tener ni zorra idea de lo que él sabía, sin saber hasta qué punto estaba al tanto de todo. Contemplarla mientras cortaba la carne, los codos bien pegados al cuerpo, llevándose la servilleta a los labios, bebiendo un sorbo de vino con los ojos bajos, aquellos ojos que rehuían mirarle salvo cuando él le hablaba directamente. Le resultaba divertido pensar con qué expresión le miraría de haberle preguntado, por ejemplo: cuando le comes la polla, ¿también pones esa cara? Pero le preguntaría otra cosa.

—No eres muy cortés con Manoli.

—No sé de qué me hablas.

—No le dices si algo está bueno, si no estaría mejor de otra manera, si tenéis que probar tal o cual receta. Qué sé yo. A la gente le gusta ser tratada como una persona, no como una máquina de producir.

—¿Y quién te dice que no lo hago? Cada mañana nos liamos a charlar antes de que tú te levantes.

—No hablo de cotilleos. Hablo de una dimensión humana, de lo que es su vida, de su trabajo.

Cuando nos sirve, ni le diriges la palabra. Hoy, ahora, por ejemplo.

—No me ha parecido necesario.

—No lo será en Palencia.

—¿Qué tiene que ver Palencia?

—La sobriedad castellana. Salvo en la intimidad, claro. Eso sería frigidez.

—Ahora sí que no te sigo.

—Me sigues perfectamente. Estoy hablando de calor y de frío, de apetito sexual. De las personas que tienen un comportamiento con unos y otro con otros.

—¿Y la relación con Palencia?

—De Palencia a Valencia va una sola letra. Y ya podéis presumir de godos, que tenéis tanto de moros y judíos como nosotros.

—¿Y lo del calor y el frío?

—¡Joder! Que la calentura es la misma. Que el apetito sexual no es cosa de godos. Aunque se haga como si lo fuera.

—Dependerá del apetito.

—¿Tú lo has perdido?

—¿A ti qué te parece?

Pablo reprimió la respuesta que se le imponía de un modo casi natural. No quería arriesgarse a que Maica se levantara de la mesa y le dejara con la palabra en la boca. Se lo estaba pasando demasiado bien. Quería que aquello durase, aun a costa de cambiar de conversación.

—Mañana tenemos entradas para el estreno de *Don Giovanni* —dijo tras una pausa—. ¿Piensas ir?

Maica puso exactamente la expresión de hastío que él esperaba. También su respuesta fue la esperada.

—Tal vez. Pero tú haz tus planes al margen de que yo pueda o no pueda. Tengo que acercarme a Cuenca y no sé a qué hora estaré de vuelta.

Después del café, Pablo se fue un rato al ordenador. Sacó de un modo automático *Calendario Perpetuo* para volver a archivarlo enseguida; no era eso lo que le había traído hasta allí. Empezó a escribir haciendo largas pausas, con las vacilaciones del que va decidiendo sobre la marcha.

«Argumento 38. El tema de *Luz de gas* al revés. Aquí es el marido el que se finge cada vez más loco, especialmente ante terceros, ante familiares, amigos, compañeros de trabajo, así como en público. Paralelamente, va perfeccionando su capacidad para manipular desde la sombra a la mujer y al amante sin que ellos lo adviertan, hasta convertirse en el verdadero organizador o director del romance. Consigue así, con todos los triunfos en la mano, conducirles al punto deseado en el momento deseado. Y entonces los asesina. Se entregará, a continuación, a la policía. Y en el juicio, terminará siendo absuelto, al serle aceptada la eximente de enajenación mental transitoria invocado por el abogado.»

Releyó despacio lo que había escrito; dubitativo, lo guardó en la *papelera*.

Apagó el ordenador, para volver de inmediato a dejarlo encendido por si llegaba algún fax de la traductora norteamericana.

Se aseó un poco y, antes de salir, comprobó si llevaba dinero suficiente. Tomó un taxi y se hizo llevar hasta Ríos Rosas. El resto del camino lo recorrió a pie.

El portero no hizo preguntas. Tampoco la rubia que le abrió la puerta del piso, una chica a la que no había visto nunca.

—¿Está Verónica? —preguntó Pablo.

—Pasa, no tarda ni un momentín —dijo la rubia, conduciéndole a la salita.

Pablo paseaba distraídamente ante las fotos de Humphrey Bogart y Lauren Bacall cuando entró Verónica.

—Pablo, chati. Ya empezaba a preguntarme si estabas enfadado conmigo. O si otra te había robado el corazón —bajó la voz—. ¿Te ha gustado Sandra? Es la que te ha abierto la puerta. Es un amor de chica.

—Prefiero a Ana.

—La más mala, ¿eh?

—Ninguna lo es tanto como tú.

—Y yo que te proponía a Sandra para sustituirme. Sandra y Ana. ¿Qué te parece?

—Entonces sí que me dejo robar el corazón por otra.

Verónica rió complacida. Le dio un beso en la mejilla.

—Eres un amor —dijo—. Bueno, pasa al baño mientras busco a Ana. Ya conoces el camino.

Pablo tomó una somera ducha y se metió silenciosamente en la habitación. Aguardó de pie, desnudo, algo aprensivo respecto a la roja colcha de la cama, mientras su vista se adaptaba a la escasa iluminación que expandían diversos puntos de luz repartidos por la pieza.

Entraron las dos mujeres, Ana, envuelta en un salto de cama de tul negro, y Verónica, en una gabardina también negra. Le miraron como si no le conocieran, se quitaron la gabardina y los tules para quedarse, Verónica en medias negras y altos tacones, y Ana únicamente con una cinta de terciopelo en torno al cuello. Sin decir palabra, apartaron el biombo que ocultaba las sujeciones. Le ataron abierto en aspa, Verónica, los tobillos, y Ana, las muñecas. Le vendaron los ojos. Pablo notaba los pechos de Ana contra su espalda y el zumbido y el metal del vibrador entre los huevos y el culo.

III

Llamadas de madrugada

Uno

Sudaba tanto sencillamente porque la noche era muy calurosa y había salido a la calle con la chaqueta puesta. Se la quitó. La ropa empapada se le pegaba al cuerpo; la camisa bajo las axilas, en torno a la cintura, en la espalda, y los pantalones, en las caras internas de los muslos, en las rodillas. La cara, en cambio, empezaba a secársele con la brisa, aunque aún tenía las gafas algo empañadas y le goteaba la nariz.

Las terrazas de los bares estaban concurridas como en pleno día. A uno y otro lado, según decrecía la luz, fachadas arriba, aparecían ventanas y balcones abiertos, con gente, con siluetas como de decorado. Le hubiera apetecido el frío de la cerveza, pero le convenía seguir caminando, serio, el paso contenido, la chaqueta agarrada como un trapo, y que le diera el aire. Necesitaba recapitular.

De algo estaba seguro: no había vuelta atrás. Casi cuatro años de matrimonio para terminar igual que con Lola. Un despeje que casi le alegraba aunque le hubiera gustado darle antes un buen susto a Maica. Y lo hubiera hecho de no haber bebido demasiado; a punto estuvo de conseguirlo.

Se había servido un whisky al sentarse a ver la tele; sólo uno. Daban una antigua película de intriga, de la que guardaba muy buen recuerdo. Pero ahora le aburría, no lograba captar su atención; ni siquiera la actriz parecía atractiva: le sorprendía incluso que alguna vez hubiera podido gustarle. Se iba sirviendo pequeñas dosis de whisky con hielo y agua, sin llevar la cuenta. Apagó la tele: se sentía genial, muy superior al tan venerado cine americano de los años cincuenta. Se entretuvo revisando una vez más las fotos sacadas a Maica en su estudio, con el otro. Le daba risa mirarlas, no por las imágenes en sí, sino por el hecho de tenerlas en su poder.

Las guardó en un cajón y sacó las que les habían tomado en Barcelona. Era mejor ir por partes. Además, en éstas se les veía mejor la cara.

Fue entonces cuando llegó Maica, apresurada, incisiva, taconeante.

—¿No ibas a ver *Don Giovanni*? —preguntó.

—Pensé que podías estar chupándosela y no quería interrumpir —respondió Pablo.

No era una contestación preparada, pero le salió así, de forma espontánea.

—¿Estás loco?

—A lo mejor se la chupas cada vez.

—Oye, yo vengo de Cuenca y no estoy de humor para estos recibimientos.

—¿Os gusta montaros en las casas colgadas?

—Bien, ni una palabra más.

Maica giró sobre sus talones.

Pablo tuvo una sensación similar a la de quitarse un jersey de cuello de cisne, el roce suave de la lana subiéndole hasta la frente, privándole momentáneamente de visión, mientras le ahogaban las palabras, epítetos y frases enteras que confluían simultáneamente hacia su garganta pugnando por salir, encabalgándose, permitiéndole verse a sí mismo en el centro de semejante torbellino verbal, hablando como a ladridos, tenso, crispado, no muy seguro de que realmente estuviera articulando algo más que sonidos. Saltó sobre Maica, se le vino encima agarrándola por el cuello, agarrándose a su cintura.

—Ven acá, putón verbenero, que quiero enseñarte algo.

La arrastró consigo hasta el sofá, obligándola a inclinarse sobre el asiento, a doblar el cogote por encima de las fotos desordenadamente desplegadas. «¡Míratelas! ¡Míratelas bien, señora Gómez Hugarte! ¡Mira qué clase de putones verbeneros se ven por Barcelona! No, si no quiero que me cuentes más mentiras, sólo quiero que mires», decía, y le empujaba una y otra vez la cabeza hacia abajo, intentando que la agachara hasta tocar las fotos.

Mediante un golpe hacia fuera en la muñeca de Pablo, Maica se zafó de la mano que la sujetaba por la cintura, y aprovechando el impulso del gesto que él inició para evitarlo, consiguió hacerle perder el equilibrio y que la soltara. «¡Hijo de puta!», gritó entre dientes, escapando a grandes zancadas.

—¡Hija de puta tú! —gritó Pablo mientras se incorporaba, apoyándose en el respaldo del sofá para ayudarse.

El vaso de whisky se había derramado y la botella giraba en el suelo sorprendentemente intacta. La recogió con presteza, como si aún corriera el riesgo de hacerse añicos. En el vestíbulo sonó un portazo.

Pablo se llegó hasta el baño; se mojó la cara. El frío del agua le sentó bien. «¡Putón verbenero!», dijo mirándose en el espejo. Al hablar, se le trababa la lengua; pero pensaba con claridad y se sentía satisfecho. Lo único que necesitaba era que le diera un poco el fresco. Cogió la chaqueta y salió a la calle.

Se encontraba mejor. La brisa, aunque cálida, era agradable. Y las aceras inesperadamente animadas, las terrazas de los bares, los paseantes, las ventanas abiertas, con gente asomada contra un fondo de claridades televisivas, habían ejercido un efecto relajante.

Maica debía de estar ya en brazos del otro. Los dos desnudos. Sintió un repentino tirón en el pecho y un brote de náusea garganta arriba. Bien: conocía la dirección del Don Giovanni ése. Tomó un taxi.

Se hizo dejar en la esquina; se hubiera dejado olvidada la chaqueta en el taxi de no haberle llamado la atención el taxista.

Paseó por la acera de enfrente: el cuarto piso aparecía enteramente a oscuras. Eso no quería decir que ellos no estuvieran en casa. Desnudos. En la cama. Podía esperar toda la noche; no tenía prisa.

Dos

La interrupción del informe diario de la Agencia Vázquez le afectó más de lo que había supuesto. La iniciativa no fue suya; ni siquiera se le había ocurrido que esos informes fueran a cesar algún día. Pero Vázquez, al entregarle la serie de fotos de cama, pareció dar por supuesto que, con su obtención, la misión había concluido y lo que era más importante, con éxito. Así que Pablo liquidó la factura como si, obviamente, estuviera no ya de acuerdo, sino además, muy satisfecho.

Sólo que no lo estaba. No era cierto que al dejar de tener noticias olvidaría mejor lo ocurrido o se desentendería más fácilmente de lo que pudiera ocurrir. Al contrario: sin el parte diario se sentía inerme, falto por completo de referencias que le permitieran, no ya saberse dueño de la situación, sino incluso encauzar y articular su propia actividad cotidiana. Y vigilar el estudio de Maica o la casa de aquel cretino, se le reveló pronto, no ya inútil, sino también falto de sentido: ¿qué hacer en caso de verles, bien juntos, bien por separado, cosa que, por otra parte, debido acaso a la diferencia de sus respectivos horarios, no tuvo la suerte o la desgracia de lograr ni tan siquiera una sola vez? Lo cierto era que echaba en falta más el parte de

Vázquez de lo que hubiera podido echar en falta el periódico.

La ausencia de datos concretos le llevaba, en un intento de suplirlos, a forzar la imaginación de un modo recurrente. Y el problema era que sólo conseguía imaginárselos en la cama, desnudos, entrelazados. Nunca entregados a cualquier otra actividad. ¿De qué hablarían entre sí? ¿Qué clase de vida llevarían? Por más que procuraba reconstruir lo que podría ser su vida cotidiana, no acertaba a lograrlo.

No era culpa de las fotos. Las fotos le informaron, por ejemplo, de que el cretino aquél tenía una constitución más atlética de lo que hubiera podido imaginar, y de que, pese a tener algún año más que él, parecía más joven. O, lo que era peor, de que el comportamiento sexual de Maica parecía muy distinto al que fue habitual con él incluso en sus inicios, cuando el entendimiento entre ambos era bueno, una posibilidad que siempre le había atormentado. No: si los imaginaba poco menos que exclusivamente en la cama, más que debido a eso, lo era debido a una sensación de bloqueo total que le poseía no bien intentaba simplemente visualizar al uno junto al otro en un aspecto cualquiera de la convivencia diaria.

Algo parecido le sucedía con las notas relativas al *Argumento 38* que iba tomando: hacían referencia exclusivamente a la trama, una trama desprovista todavía, no ya de título, sino también de ambientación. Personajes sin nombre, sin físico, sin vida cotidiana, simples piezas de un mecanismo a las que le resultaba inexplicablemente difícil encarnar en una realidad concreta. Gente que se desenvolvía con evidente desahogo económico, para el que se sentía incapaz de encontrar un marco adecuado. Sentado ante el ordenador, empezó a escribir casi a la desesperada:

«Conversación telefónica.

»—Soy yo.

»—Ya lo sé.

»—¿Quieres que hablemos?

»—¿Quiénes?

»—Tú y yo.

»—¿Desde cuándo me niego a hablar?

»—Desde siempre.

»—Es que, para ti, hablar puede significar empezar a insultarme.

»—Si así ha sido alguna vez, te pido perdón.

»—¿Alguna vez? ¿A qué llamas tú alguna vez?

»—Bueno, cuando me monto. Ya te he dicho que me perdones. Ahora, lo que quiero es que hablemos.

»—Mientras no te montes...

»—Que no, carajo.

»—Pues ya empiezas.

»—Porque tú me pones a parir.

»—¿Lo ves?

»—¿Lo ves tú? Eres tú la que empieza.

»—Y tú el que se monta.

»—Porque tú empiezas.

»—Bueno, dejemos eso. ¿Qué es lo que quieres?

»—Que nos veamos.

»—¿No podemos hablarlo por teléfono? Mientras no te montes, claro.

»—Que no me monto si tú no empiezas, joder.

»—Pues no te montes, que no tengo ningún interés en que lo hagas. Prefiero que hablemos por teléfono a que nos veamos, que entonces sí que te acabas montando.

»—Es que yo no lo veo fácil. Mal pueden hablar por teléfono tres personas.

»—¿Tres?

»—Vosotros y yo. Fíjate que digo *vosotros;* no *nosotros* y él.

»—¿A qué viene eso?

»—A que quiero que hablemos.

»—¿Los tres?

»—Eso he dicho: vosotros y yo.

»—Tú estás loco.

»—Es probable, si de locos es pretender que las cosas se arreglen amigablemente.

»—¿Qué quieres arreglar?

»—Nuestra relación.

»—Eso es imposible.

»—No me entiendes: me refiero a la relación entre los tres.

»—Desde luego que no te entiendo: entre él y yo ya está arreglada. Y la nuestra contigo me parece aún más difícil de arreglar que la mía contigo. ¿Por qué iba a ser mejor?

»—En eso te equivocas, ya que esto es precisamente lo que pretendo: normalizar la relación entre los tres.

»—¿Normalizar? ¿Qué vas a normalizar?

»—El que podamos tratarnos como personas.

»—Eso es sencillo: basta dejarse de fastidiar,

de insultar, de hacer llamadas de madrugada y colgar.

»—Yo no hago esas cosas.

»—¿Que no? ¡Si te reconozco aunque estés callado, aunque ni respires!

»—Te repito que yo no hago esas cosas.

»—Pues yo te repito que sí. Si has bebido y se te olvida es cosa tuya.

»—Lo que quiero decirte es que no soy yo el que verdaderamente llama. Es como si lo hiciera otro. Y eso es precisamente lo que quiero que acabe.

»—Nada más sencillo: no lo hagas.

»—Que todo eso ha de acabar, lo doy por supuesto. Lo que quisiera es que, además, cuando casualmente nos encontremos en cualquier parte, podamos mirarnos a la cara.

»—Yo no tengo ningún problema en mirarte a la cara.

»—Quiero decir sin rencor, sin odio ni despecho.

»—Deja de hacer cosas raras y verás cómo eso se logra por sí solo. El tiempo lo cura todo.

»—Es que yo no quiero que pase el tiempo.

»—Pues por decreto no resolverás nada.

»—No hablo de decretos. Hablo de entendimiento entre los tres.

»—Y yo te digo cuál es la forma de entenderse. Dejar de agredir y que pase el tiempo.

»—Pero yo necesito resolverlo ya, ahora. De lo contrario sí que puedo volverme loco.

»—Eso ya no depende de mí. Es algo que se

me escapa. Nosotros no te estamos dando ningún motivo añadido. El hecho de que yo quiera vivir con él y no contigo es lo único que no tiene remedio.

»—Lo sé. Por eso ni me lo planteo. Pero si no os veo a los dos, a ti y a él, no puedo miraros a la cara. Ése es el problema.

»—Pero ¿por qué? No te entiendo. No veo cuál es la solución que propones.

»—Que nos veamos.

»—¿Para qué? Eso es precisamente lo que no entiendo.

»—Para que él vea que no soy un estereotipo de cornudo, sino un hombre por lo menos tan digno como cualquier otro.

»—Si no te haces el loco, no tiene por qué pensarlo. Puedes estar seguro de que entre sus proyectos no entraba el de hacerte cornudo.

»—Tanto mejor. Pero de eso sólo me convenceré si le conozco y si él me conoce. Por eso precisamente quiero que nos veamos. No de forma asidua, por supuesto. Lo que te pido es que nos veamos los tres una sola vez. Sólo una.

»Silencio.

»—Lo hablaré con él —dice ella finalmente.

»—¿No tienes autoridad para decidir por ti misma?

»—Para decidir por él, desde luego que no. El que tú lo hicieras en relación a mí no quiere decir que yo lo haga en relación a él. Tampoco él decide por mí. Las cosas hay que hablarlas.

»—Claro. Lo que quiero es, ni más ni menos,

que lo hables con él. Que le convenzas de que ésa es la mejor forma de que todos nos quedemos tranquilos. Que no tema.

»—No creo que tenga ningún temor. Ni, en realidad, ningún inconveniente. Es la persona más comprensiva que puedas imaginar.

»—Tanto mejor. ¿Te llamo luego?

»—Mejor mañana.

»—De acuerdo. ¿Me invitáis a una copa después de cenar?

»—¿No sería mejor en un bar?

»—¿Un sitio público? Me parece preferible una casa. Y mejor la vuestra que la nuestra. Vamos, que la antigua nuestra, la mía. Soy yo quien debe dar el paso, ya que la iniciativa ha sido mía. Sí, mejor vuestra casa.

»—Pues de acuerdo. Telefonea al mediodía y quedamos.

»Cuelga.

»Su intención es escribir una carta explicando que, al no poder soportar los celos, se suicida.

»Y, al día siguiente, irá a la cita con una pistola y los matará a los dos. Con la carta y las rarezas de los últimos tiempos, no le costará trabajo salir absuelto.

»Podría disponer, además, de un buen montón de fotografías porno de la mujer y el amante, que justificarían o respaldarían la tesis de enajenación mental transitoria esgrimible por la defensa.»

Pablo releyó lo escrito. Bien. Buen argumento. Se sentía exultante.

Se afeitó. Se aseó. Telefoneó a Verónica para concertar hora. Sí, dentro de un rato. Y que se incorporara Sandra.

—¿En lugar de Ana? —preguntó Verónica.

—Además de Ana —dijo Pablo—. Y de ti, claro.

Tres

Por la forma de sonar el teléfono supo que era Maica. Cuando era ella quien llamaba, el timbre sonaba diferente: primero una especie de breve preaviso, y luego, el sonido habitual, se diría que algo más imperioso.

—Soy yo —dijo.

—Eso ya lo sé.

—Quisiera saber cuándo te viene bien que pase a recoger algunas cosas personales.

—¿Cómo es que no me lo comunicas vía abogado? El otro día me llegó una carta suya y no me hablaba para nada de cosas personales.

—Ni debiera hacer falta.

—Allá tú. Yo, naturalmente, no le contesté. Mandé su carta a mi abogado. Que ellos se entiendan.

—De lo que te hablo es de cosas sin importancia. Me pareció innecesario meter a los abogados también en eso.

—¿Un tubito de Vaseline Care?

—¿Qué dices?

—Nada. Una broma. Estoy de excelente humor aunque no te lo creas.

—Me alegra mucho.

—Pues mira: como yo tengo un plan que me

gustaría exponerte, lo que te propongo es que tomemos una cerveza juntos.

—Pero lo que yo quiero es recoger mis cosas.

—A eso me refiero. Sólo que lo que te propongo es tratarlo en un marco más amplio. Tomamos una cerveza y hablamos de todo. De tus cosas, de mi plan, de todo.

—Por mí, no hay inconveniente.

—Espléndido. ¿Cómo quedamos?

—Cuando quieras. Cuanto antes, mejor.

—Pues esta tarde a las siete, en Recoletos. En la terraza de siempre.

Pablo esperó a oírla colgar para colgar a su vez. Tomó las fotos, se sirvió un whisky y encendió un cigarrillo: mirarlas era casi una satisfacción. Le hacía gracia, le divertía como si en lugar de fotos estuviera barajando naipes y se dispusiera a hacer solitarios. Sí: como naipes, figuras totalmente ajenas a su vida, y eso ya suponía un buen paso hacia delante en el terreno del autodominio. Dos simples cuerpos pálidos, de contornos difusos, a la vez escuálidos y fusiformes debido a la mala calidad de la imagen, posiblemente fragmentos de una cinta de vídeo centrada con poca fortuna. Parecían muñecos; peor aún, piezas de un mecanismo.

Llegó a la terraza del bar con veinte minutos de antelación. Divisó a Maica aproximándose a lo lejos, airosa, ligera, decidida. Como si acudiera a una entrevista normal. Como si todo fuera normal y ella, lo más normal de todo.

—Te veo agitada —dijo Pablo.

—Será que lo estoy aun sin saberlo.

—Pues tiene poco de novedad.

—¿El qué?

—El que estés agitada.

—Eso ya lo sé. Lo que te pregunto es lo de la novedad. No sé qué quieres decir.

—Que para ti no es precisamente nuevo eso de tener una aventura.

—Oye, yo no he venido a hablar de eso. Además, lo creas o no, no ha habido más aventuras desde que nos casamos. Si mal no recuerdo, el último en tener una aventura fuiste tú.

—¿Lo de Amparito? Eso fue antes de casarnos. Y si lo hice fue porque tú te habías visto con tu ex novio, Luis, o como se llame. Además, entonces aún no estábamos casados.

—Lo de verme con Luis fue exactamente eso, vernos, tomar un café juntos. Cuanto te empeñes en añadirle pertenece exclusivamente a tu imaginación. Y el que tú te acostaras con Amparito, como puedes suponer, me tiene sin cuidado. Si ahora estamos aquí es porque tú me querías contar algo y porque yo quiero recoger mis cosas. El resto sobra.

—Cierto. Sería absurdo resucitar viejos fantasmas.

—Y más, a estas alturas.

—Tienes razón.

—Pues vamos a lo nuestro. Te cuento lo de mis cosas.

—Cuenta, cuenta. Entretanto, podemos ir mirando estas fotos, que es lo que quería enseñarte.

No, no te asustes, no son las del otro día. Éstas son mejores y quiero que las veamos con calma. ¿Por qué crees que te he citado aquí, en un lugar público? Pues porque quiero que las veamos como si fueran fotos de familia. Y luego te explico mi plan.

Le pasó el sobre con las fotos. Al atisbar el contenido, Maica hizo ademán de levantarse. Pablo la retuvo. «Quieta, quieta, no te asustes. Sólo quiero que las mires con calma y tranquilidad.» Le llenó de alegría contemplar el cambio que se registraba en la expresión de Maica, normalmente tan estirada: su asombro, su pavor.

—Mira, aquí se la estás chupando. Y aquí y aquí. No son muy buenas, pero se te reconoce perfectamente. Aquí tú estás de cuatro patas y él, detrás. ¡Ni que te estuviera dando por el culo! Parecéis perros. Enganchados como perros. Desde luego que lo que parece es que te esté dando, fíjate...

—¿Quieres verme tranquila, no? —dijo Maica—. Bien, pues mira con qué tranquilidad me largo.

Pablo la retuvo de nuevo.

—Si te largas, no hay trato. ¿Qué crees que voy a hacer con ellas?

Maica volvió a sentarse.

—¿Darlas a tus abogados? ¡Y a mí qué! Lo que yo quiero es, precisamente, que nos divorcien cuanto antes. Con estas fotos será más fácil.

—No, no es eso. Estás confundida. Una vez más te estás equivocando conmigo. ¿Me tomas por un imbécil? Yo no quiero que se las guarde un juez. Lo que yo quiero es que circulen, que si llegan al juez sea porque son de dominio público. Que todo el mundo sepa qué cara pones cuando la chupas. Y lo mucho que te pareces a una perra cuando te pones de cuatro patas. No sé si te van a caer muchos encargos después de esto. ¿Quién va a querer que tú le montes una exposición? ¡Como no seas tú misma la que se exponga a cuatro patas!

Según Pablo elevaba la voz y perdía visiblemente el control de sí mismo, Maica se fue serenando. Le dejó terminar y entonces se echó a reír.

—Tú, en cambio, venderás muchos más libros —dijo incorporándose.

—¿Qué quieres decir?

—Lo que he dicho: que venderás muchos más libros, de eso puedes estar seguro.

—¿Por qué? ¿Qué piensas hacer?

—¿Yo? Nada. Tú eres quien lo hace todo. Encargas que nos saquen fotos, las difundes, todo. Te harás muy popular. A mí nadie va a dejarme de encargar nada por haber tenido un marido cornudo. Y no te digo nada del prestigio que vas a dar a Máximo. Todos salimos ganando.

Se desasió de un tirón y se alejó con paso decidido.

—¡Ven aquí! —gritó Pablo, conteniéndose para no abalanzarse sobre su espalda.

Miró en derredor: la gente de las otras mesas, el camarero que aguardaba de pie a la entrada de la terraza. ¿Habría oído alguien algo?

No había sido una buena idea citarla allí. Tampoco, enseñarle enseguida las fotos. Se había precipitado en todo. Y Maica ni siquiera pudo llegar a decir cuáles eran las cosas que deseaba llevarse, probablemente efectos personales, un dato que Pablo estaba ansiando conocer. Y se las había arreglado para no darle oportunidad de que lo revelara.

Se terminó la cerveza y se levantó sin prisas. No había visto caras conocidas y el camarero parecía estar papando moscas.

Procuró demorarse ante un quiosco próximo, como interesado en las revistas expuestas, y luego siguió paseando. En cualquier caso, lo importante era que esta vez Maica no iba a poder arramblar con sus cosas aprovechando que él dormía, como hizo a la mañana siguiente de la noche en que se largó. Sabía que él no se levantaba hasta las diez, y arrambló con lo que pudo con ayuda de Manoli. Pero ahora Manoli tenía órdenes terminantes de no dejarla entrar, y él se había encargado personalmente de cambiar la cerradura.

Ahora las fotos le hacían daño, daño físico, en el pecho, y con gusto las hubiera destrozado. Ver al tío aquel, haciendo lo que quería con el cuerpo de Maica. Y a Maica complaciéndole, a la vez sumisa y vehemente, entregada como una esclava y exultante como una diosa. Como si al tipo le fuera debido todo lo que a él le era negado. Un tipo de lo más engreído, seguro de sí mismo, seguro de gustar, de volverlas locas. Pero lo último que debía hacer con aquellas fotos era destruirlas.

Además, aparte de enfurecerle, algo había en ellas que, al mismo tiempo, le excitaba. Actos, posturas, detalles que, al mismo tiempo que dolor, le producían excitación. Por defectuosas que fueran las copias. Cosas que nunca había imaginado en relación a Maica. Ni siquiera al principio, cuando aún se llevaban bien. Porque, de un tiempo a esta parte, todo se reducía a estimularle el clítoris antes de penetrarla, o a bajarse al pilón, como decían en la mili. Y eso, de higos a brevas. Y ella, tiesa como una escoba. Como si lo que él hacía no fuera infalible con las mujeres; como si para ella eso no contase. Era raro que en ninguna de las fotos estuvieran haciéndolo. Pura casualidad, seguramente.

Cuatro

Esta vez fue él quien telefoneó a Maica. A su estudio, a media mañana.

—Soy Pablo.

—Ya.

—Mira, siento mucho lo del otro día. La culpa fue enteramente mía. Perdí los estribos. Pero comprende que tenía, si no razón, razones. Te prometo que no se repetirá. Yo creo que debiéramos ser capaces, por encima de todo, de mantener una relación civilizada. El tipo de relación que se puede esperar, no ya de personas civilizadas, sino de seres excepcionales que es lo que en definitiva somos tanto tú como yo.

—Por mí, encantada. No sólo me parece que es lo más cómodo para los dos, sino que me fastidia que no hayamos sido capaces de lograrlo. Vamos, que me entristece.

—A mí también.

—Pues demos carpetazo a la situación. Por mi gusto, ni hubiera metido abogados por medio.

—Completamente de acuerdo. ¿Nos vemos y hablamos?

—Cuando quieras y donde quieras.

—¿Qué te parece si Manoli nos prepara una de sus cenas?

—Preferiría que no fuera en casa.

—De acuerdo. Podemos quedar en el gallego. O donde tú quieras.

—El gallego va bien. Lo que quisiera es que me trajeras mis cosas, si te fuera posible. Mis papeles, quiero decir.

—¿De qué se trata?

—De unos cuadernos de notas. Se refieren casi exclusivamente a mi trabajo. Tienen forma de libro. Están en el rincón de la biblioteca, en el lado de la derecha mirando a la esquina. En el estante superior. Serán unos seis o siete.

—¿Eso es todo?

—Bueno, hay ropa, libros y más cosas. Música y así. Pero eso no me corre prisa.

—Dalo por hecho. ¿No prefieres que nos veamos esta noche?

—Mejor mañana.

—Pues a las nueve. Y así tenemos tiempo hasta de tomar un aperitivo.

Apenas colgar, Pablo se dirigió a la biblioteca. Encontró sin dificultad los libros de notas. Los hojeó con desgana: se trataba, efectivamente, de anotaciones, croquis, medidas de cuadros, pequeños comentarios y observaciones, todo francamente aburrido. En algún sitio tenía que haber papeles más íntimos; aquello no era más que una cortina de humo. Miró con desaliento las hileras y más hileras de libros: volvió a colocar las libretas —que eso es lo que eran, libretas— en su sitio. Se sirvió un whisky y se fumó un cigarrillo sentado en el sofá de la sala. Era un alivio eso de no tener que vaciar constantemente los ceniceros.

Encargó a Manoli que para mañana le tuviera planchado el traje de hilo crudo y se fue a la peluquería; no es que tuviera el pelo muy largo, pero sí lo suficiente como para formar lacias mechas que exageraban su relativa calvicie.

El chasco se lo llevó al día siguiente al probarse el traje: le iba justo, un problema tanto del pantalón —la cintura— como de la chaqueta. Igual se lo habían encogido en el tinte; pero era el más presentable que tenía y no había tiempo para pensar en otra solución. Eso le pasaba por no ponérselo casi nunca, por preferir las cazadoras o ir en mangas de camisa. Y los pantalones, sin cinturón. De ahí que todo le apretara. Pero cenaría ligero, una ensalada y un pescado a la plancha. Y beber, aún menos.

De nuevo llegó al restaurante antes que Maica. Eligió una mesa apartada, aunque por el momento no hubiera nadie. En lugar de aperitivo pidió directamente una botella de ribeiro, para no mezclar, y unas pocas almejas al vapor para no beber a palo seco.

Maica tenía un aspecto más relajado, y hasta sonrió cuando Pablo se incorporó para darle la bienvenida. «¡Qué versallesco!», dijo. Pidió una ración de pulpo a la gallega para ir picando mientras miraban la carta, y bromearon distendidos acerca de la actualidad política. Cuando el camarero les tomó nota, encargaron ya otra botella de vino.

—Bueno, Maica —dijo Pablo en cuanto el camarero se hubo ido—. Tal vez te sorprenda que te diga ahora que te quiero, pero aunque hace años que no te lo digo, estoy seguro de que en el fondo sabes que es verdad. Y más aún ha de sorprenderte lo que te voy a decir del modo más directo y contundente: quisiera que tú y yo nos acostáramos aunque sólo fuera una vez más. Que hiciéramos el amor. Si luego quieres decírselo a él, se lo dices; si no, será un secreto entre nosotros. A mí me da igual. Sólo una vez.

Al hablar, escrutaba la expresión de Maica, la forma en que sus rasgos se ensombrecían al paso de una nube.

—Mira, Pablo, esto no tiene sentido —dijo con calma.

Pablo placó sus manos contra la mesa.

—Nada, Maica, no he dicho nada —dijo—. No te levantes. Ha sido un error por mi parte proponértelo.

—El error no está en que me lo propongas. El error está en que tú pienses que eso es posible.

—Tienes razón, Maica. La tienes. Una cosa es lo que yo quisiera que hubiera pasado entre nosotros, y otra, lo que realmente ha pasado. Pero, al menos, intentemos mantener una relación, no sé, civilizada. No conseguirlo sería un fracaso para los dos.

—Un fracaso insignificante comparado con el resto. Pero te aseguro que tampoco yo tengo ningún interés en mantener esta situación de no poder vernos ni en pintura.

—¡Claro! ¡Si es lo lógico! Lo único que yo pretendo es que, si nos encontramos por la calle, podamos saludarnos, mirarnos a la cara.

Hizo una pausa mientras el camarero les servía y rellenaba los vasos; apuró el suyo de un trago y volvió a llenarlo. Maica, por el contrario, no tocó ni el plato ni el vaso. Los camareros —a veces, dos, a veces, tres— aguardaban injustificadamente cerca, ya que casi todas las mesas seguían vacías; posiblemente habían adivinado cierta tensión e intentaban escuchar con disimulo. Maica también se había dado cuenta; al menos, parecía incómoda. Pablo se sintió repentinamente excitado por la tirantez de aquellos labios contraídos.

—Lo único que pretendo es que el vínculo que nos une, por tenue que sea, no se rompa. Y, para conseguirlo, estoy dispuesto a lo que sea.

—Pues no hay que hacer nada del otro mundo. Basta el respeto mutuo.

Pablo le tomó una mano.

—Pero es que yo haré todo lo que sea necesario. Lo que tú quieras. Lo único que me importa es estar cerca de ti. Y atenerme al papel que tú me asignes. Mira, invierto los términos de lo que te he propuesto al principio. Tú haces el amor con él delante de mí. Todo lo que se os ocurra. Y a mí me tenéis atado. Esposado a un sillón. Sin poder intervenir para nada. Y luego me largáis como a un perro. Lo hacemos cuando quieras. Esta misma noche.

—Tú estás loco.

Maica liberó su mano sin dificultad mientras se incorporaba. Los camareros les miraban sin ocultar ya su interés.

—Podéis hacerme lo que os apetezca, lo aceptaré todo, os obedeceré... —dijo Pablo, intentando sin éxito volver a tomarle la mano.

Se levantó a medias, asiendo la servilleta, contemplando cómo ella se abría paso entre los camareros, entre un grupo de clientes que estaba entrando.

—¡Putón verbenero! —gritó—. ¡Eso es todo lo que eres, un putón verbenero!

Pidió la cuenta, pagó apresuradamente, manchándose la chaqueta de pulpo a la gallega al hacerlo, sintiéndose el centro de todas las miradas de soslayo, de aquel disimulo generalizado. Dejó una excelente propina en tanto se decía que nunca más iba a poder volver a ese sitio.

Deambuló caminando con rabia, sin rumbo determinado, dando rodeos, para no regresar todavía a casa. Le hubiera gustado verles a ella y a él paseados en burro como en la Edad Media, semidesnudos, coronados por un capirote y con un cartel anunciando su condición de adúlteros colgado del cuello. Y él, soliviantando a la gente contra ellos, que les escupieran, insultaran, hicieran burla, que les acompañaran arreándoles golpes de caña. Le hubiera gustado poder explayarse ahora mismo con la gente, contar las bajezas, la inicua hipocresía, los engaños y traiciones de los que era víctima, las cochinadas que aquel engreído y aquella mujer que parecía tan altiva eran capaces de poner en práctica. Y lo hubiera hecho, de haberse cruzado con alguien capaz de comprenderle. Él siempre había sido contrario a la pena de muerte, a la propia cárcel, incluso. Pero así como, a su entender, los terroristas, fueran de donde fuesen, se merecían, no ya la pena capital, sino que incluso justificaban el terrorismo de Estado, la acción antiterrorista al margen de la ley, la bajeza de Maica y las artimañas seductoras del tío aquél, no tenían sencillamente perdón. Imposible imaginar algo más abyecto. Algo que, como el terrorismo, justificaba el crimen de Estado.

El pulpo le había caído pesado, no tanto probablemente por la cantidad, cuanto por lo poco y mal que lo había masticado. Así que se sirvió un whisky nada más llegar a casa y poner la tele. También picó unas almendras saladas, que ayudarían a embeber el alcohol y a desatascar el pulpo.

El whisky con hielo le devolvió el aplomo, la serenidad y hasta la alegría. Le despejó hasta el punto de propiciarle una idea que le llenó de júbilo: si estaban encamados, les iba a dar la noche.

Telefoneó primero al estudio de Maica y luego a la casa de aquel cretino, y allí los pilló. Se puso él: «¿Diga?», preguntó. Pablo no dijo nada, en parte porque no estaba seguro de que su dicción fuera del todo clara, y en parte porque así eran mayores la inquietud e irritación causadas. Volvió a llamar cinco minutos más tarde, y el cretino volvió a ponerse. A la tercera vez, comunicaban: habían descolgado. Pablo colgó a su vez, soltando una carcajada.

Cinco

Si ladeaba la cabeza, la pantalla reflejaba no sólo el perfil, sino también un trozo de la mejilla y un cristal de las gafas, velado como el globo que colgaba del techo.

La idea de la carta era buena, pero la redacción tenía que ser otra. Sería más verosímil si explicaba menos cosas, si se limitaba a asumirlas, a darlas por supuesto. El marido, en la carta, tenía que anunciar exclusivamente su voluntad de suicidarse. Y de hacerlo precisamente ante ellos dos. ¿Añadir que con aquellas líneas quería evitar que los culpasen de un crimen que no habían cometido? No parecía propio de un marido agraviado. Casi una incongruencia. Sería mejor expresar lo mismo pero dándole la vuelta, convirtiendo su exculpación en parte sustancial de la venganza del marido: que el castigo consistiera precisamente en obligarles a ser testigos directos de su muerte, una imagen que les perseguiría el resto de sus vidas. Esto es: debía quedar claro que el propósito del marido era suicidarse y que el objetivo de hacerlo en presencia de ellos no era otro que el de castigarles, el de obtener por sí mismo la satisfacción que las leyes le negaban.

Luego, las cosas irían por otro lado. Al encontrárselos frente a frente, en lugar de dirigir la pistola contra sí mismo, la dirigiría contra ellos y, en un arrebato, los mataría. ¿Y por qué no se mataba a continuación? Pues porque en la pistola no había, teóricamente, más que una bala: la que él mismo había puesto al cargarla con intención de suicidarse. Una bala que, junto con la de la recámara, cuya presencia desconocía, sumaban dos. Detalles todos ellos en los que ni pensó, ni que decir tiene, cuando fuera de sí abrió fuego.

Lo de las balas era esencial: tras los disparos, volvería el arma contra sí mismo, pero ya no habría disparo. Y la impresión de lo que había hecho bastaría para disuadirle de hacer lo propio por otros medios. Sólo entonces recuperaría el control, volvería en sí, y haciendo acopio de fuerza de ánimo, telefonearía, por este orden, a urgencias y a la policía.

Tendría que volver sobre todo ello. Guardó el borrador de la carta en la *papelera*.

Tal vez ya entonces estuviera dando vueltas a su nueva idea: ¿por qué, si no, su desasosiego? Pues precisamente porque ya intuía su trascendencia, aun sin haber llegado a formulársela en términos precisos.

Había empezado a perfilarla, casi sin darse cuenta, al regresar de su infructuosa incursión en el estudio de Maica. Su propósito no era el de pillarlos entregados a su peculiar gimnasia; quería simplemente darse una vuelta, hacerse una idea de cuál era el ambiente en que se movían, no encontrarse con un asqueroso espectáculo. Tenía una coartada preparada por si se topaba con alguien:

decir que había venido a proponer a Maica que pasara a recoger sus cosas cuando quisiera. Extravagante pero no inverosímil. Por otra parte, estaba convencido de que a estas horas, después de comer, no se iba a encontrar con nadie. Y así fue. Sólo que no pudo entrar. La llave no abría; habían cambiado la cerradura.

Bueno era saberlo: si el marido no podía colarse a voluntad en el estudio de ella, lo mejor sería, decididamente, que la entrevista tuviera lugar en la casa que compartía con el otro. Así, además, quedaba garantizada la presencia de los dos. Tras telefonear, iría para allá con la seguridad de encontrarlos.

Pablo volvió a pie, paseando distraídamente. Verdaderamente, pensó, sería casi más fácil hacerlo que escribirlo. Llamar, concertar la cita, dejar escrita la carta de suicidio junto al teléfono, acudir al encuentro y matarlos a los dos. Eso sí: tendría que renunciar a escribir la novela. O una cosa o la otra. Y estaba claro que la renuncia valía la pena. ¿Qué necesidad tenía de escribirla si ellos ya estaban muertos?

Se sintió lleno de energía. Y también de agitación. Aceleró el paso y al llegar a casa se sirvió un buen whisky.

Fue a por la pistola, una Browning que compró cuando había tantos atracos. Una cosa era que escribiera sobre crímenes y que fuera de convicciones progresistas, y otra muy distinta que estuviese dispuesto a convertirse en sujeto pasivo de uno de esos crímenes. Ni él ni Maica, a la que había comprado otra. ¡Qué capullo había llegado a ser! ¡Preocuparse por semejante putón verbenero!

Se llevó el whisky al ordenador y tomó asiento, el cigarrillo humeando ante la pantalla. La conversación telefónica podría incluir referencias a la devolución de los libros de notas. Algo así:

«—Quisiera llevarte tus cuadernos de notas.

»—Ya pasaré yo a recogerlos.

»—Es que debo ser yo quien dé este paso. Luego, si quieres, te pasas con un camión de mudanzas y te llevas lo que quieras. No es sólo cuestión de papeles. También hay muebles que son tuyos.

»—¿Qué te ha hecho volverte tan amable?

»—Supongo que darme cuenta de que te quiero.

»—Eso será lo que te parece ahora, no antes. Y, a mí, ni ahora ni antes. De modo que puedes ahorrártelo. A estas alturas no tiene sentido que nos veamos si no es para algo muy concreto.

»—Es lo que te estoy proponiendo.

»—Tú propones que nos veamos los tres.

»—Para dar carpetazo al asunto. Para que de ahora en adelante tengamos la fiesta en paz. El que yo te quiera no significa que no haya asumido la realidad. Al contrario. Podría incluso decirse que me ha ayudado a asumirla. Por eso me importa que, en el futuro, podamos los tres mirarnos a la cara. El resto es secundario.

»—¿Dónde quedamos?

»—Donde queráis. Mejor en casa, ¿no? En la mía, en la vuestra. Háblalo con Máximo. A mí me da igual.

»—¿Y por qué no en un bar?

»—Siempre hay gente que escucha. Pero como queráis.

»—Bien. Pues en casa.»

Pablo releyó lo escrito. Hubiera sido más atractivo que, en lugar de cuadernos de notas, se hubiera tratado de cartas. Pero no las había; seguro que Maica las guardaba en el estudio. Cartas de Máximo, llenas de intimidades. O de otro anterior. O de otra. Su corazón latió con más fuerza. ¿Lesbiana? Eso explicaría muchas cosas. De cualquier modo, la conversación, cuando la mantuviesen realmente, tenía que quedar grabada.

Al ir hacia la sala, comprobó con asombro que ya era oscuro.

—¡Manoli! —llamó—. ¡Manoli!

Se había marchado sin que él se diera cuenta. Seguramente ni la oyó despedirse. ¿Cómo se le habría hecho tan tarde? Picaría algo de lo que ella hubiera podido dejarle para cenar. Poca cosa: no tenía apetito. Un whisky, sí; sólo uno.

Arrambló con las libretas de notas y las hojeó mientras cenaba; le aburrían. La ceniza del cigarrillo cayó sobre las hojas y algún fragmento incandescente dejó una señal amarilla. Apagó el cigarrillo entero contra un cuaderno abierto; el olor a chamusquina le resultó excitante. Empezó entonces a arrancar las hojas y a destrozarlas una por una.

IV

Tomar el agua de El Encanto

Uno

Gris, amarillo, azul: una combinación elogiada por Leonardo. Trazos de calidad arenosa, marcas de espátula, toques de escobilla chorreante: un dibujo de por lo menos trece metros cuadrados, alegre, luminoso.

—No mola, ¿verdad? —preguntó Bea.

—No —dijo Maica.

—A mí, de entrada, me pareció que sí, fíjate tú. Supongo que necesitaba creerlo. Y es que si te pones a pensar, vamos, a recordar, a buscar uno sólo que sí, pues eso, no sabría qué decirte. Lo de Marsans, quizá.

—Ya, no hay gran cosa. Así es el negocio. En ningún otro el dinero y el gusto van cada uno tan por su cuenta.

—Para ti no es tan grave. Lo que tú montes siempre tiene más garantía. Tú sólo te ocupas de los consagrados.

—No creas que hay tanta diferencia.

—Anda que no. Tú eres una privilegiada, tía. Haces tus cosas con medios, tomándote tu tiempo, viajes, gente interesante.

—Que sean conocidos no quiere decir que vayan a ser interesantes.

—¿Lo dices por tu marido?

—Lo digo en general.

—¿Ves cómo eres una privilegiada? Cuando estaba con mi marido no trataba más que con locos, empezando por él mismo. Los psiquiatras son lo peor. Perdona.

Mientras Bea atendía al teléfono, Maica revisó su agenda: podía tomar un vuelo de mediodía y estar en Madrid con tiempo suficiente como para asistir al acto del Reina Sofía. Se sirvió más agua, oyendo hablar a Bea como si lo hiciera en un idioma desconocido. Desde la oficina se dominaba la galería, desnuda, resplandeciente, como una playa en invierno. Todo aquello le resultaba tedioso.

Bea volvió a su lado.

—Me dicen que te vas a Buenos Aires.

—Sí, una pequeña escapada.

—¿Pequeña? Me gustaría verte en mi lugar, siempre atornillada a Barcelona.

—Pues vente. Mi viaje coincide con una de esas expediciones que organiza Bellas Artes. Como pretexto es bueno.

—Lo que necesito es un motivo real, no un pretexto. Y a mí no me han invitado.

—A mí tampoco. Yo voy por mi cuenta. La coincidencia es casual.

—Pues el arquitecto del Pabellón es Gómez Hugarte. Para mí, un motivo concreto más que suficiente. Sólo que un poco difícil de justificar.

—¿Le conoces?

—De imagen. Y de que se dice que es un amante maravilloso.

—¿Y eso qué es?

—¡Eso es lo que yo quisiera saber! ¿Por qué te crees que me gustaría conocerle? De modo que recuérdalo bien: yo tengo prioridad.

—Descuida, se lo diré.

—Joder, es que no me gustaría morirme sin saber qué es eso.

—Ni a mí. Pero si no le conoces, ¿qué te hace suponer que es un amante maravilloso?

—Por una amiga que le conoció bien.

—Esas cosas se dicen de todos los playboys.

—Pero es que él no lo es. En cierto modo es todo lo contrario. Por eso me resulta tan atractivo.

—Muy definitivo tiene que ser lo que te han contado de él.

—Lo es. Oye, ¿tan mal te va con tu famoso?

—Digamos que bien no va.

—Eres poco precisa. Si tuvieras un marido psiquiatra, habrías aprendido a diagnosticar mejor. Mi ex pretendía que era un psicótico controlado, pero resultó ser un psicópata descontrolado. ¿Entiendes el matiz?

—No exactamente.

—Eso significa que sólo eres una vulgar neurótica. En todo caso, cuando te divorcies, no repitas.

—Por ahora no entra en mis planes hacer ni una cosa ni otra.

—Entrarán. Y repetirás, como yo terminaré repitiendo. Y mira que se está bien viviendo sola. Eso de oír desde el pasillo una cisterna que se está llenando y saber que quien ha tirado de la cadena has sido tú porque no hay nadie más en casa. ¿O no?

—La verdad es que nunca me lo he planteado en esos términos.

—Bueno, que te vaya bien por Buenos Aires. Y si a pesar de todo te tiras a Gómez Hugarte, te lo perdonaré con tal de que le hables de mí. Y me mandes una postal conmemorativa.

—Prometido.

—Y a la vuelta me lo pasas. Organiza una cena o algo así. Bueno, basta de tonterías. Lo dicho: que te vaya bien.

Maica llegó a Madrid hacia media tarde. Antes de ir a casa trabajó un rato en el estudio, revisó y clasificó papeles y contestó unas cuantas llamadas.

En casa, pasó de largo ante el cuarto de trabajo de Pablo; estaba anocheciendo y la superficie de la puerta entreabierta recogía la pálida claridad del ordenador.

Al salir del baño, el pasillo se había oscurecido y la sala de estar aparecía intensamente iluminada. Pablo la estaba aguardando con un whisky con hielo en la mano, el cigarrillo humeando en el cenicero.

—Te ha llamado Juana Gordillo —dijo en tono de reproche—. Lo menos un par de veces.

—Ya he hablado con ella —dijo Maica.

—¿Entonces por qué llama aquí?

—Porque no me localizaba en el estudio y Pilar ya se había ido. Es que he estado en Barcelona. Pero a la vuelta me he encontrado su mensaje y la he llamado.

—¿En Barcelona? No sabía que estabas de viaje.

—Ir unas horas a Barcelona no es estar de viaje.

—El caso es que ya ni me lo dices. Últimamente sólo hablabas para decirme que te ibas. Ahora, ya ni eso.

—No veo la diferencia entre pasear unas horas en Barcelona y pasarlas moviéndote por Madrid. Me voy a preparar una infusión. He comido aprisa y corriendo y será mejor que no cene.

Reconocía el tono de queja que Pablo iba imprimiendo a sus palabras y no le apetecía escuchar lo que venía después. Mientras preparaba la infusión se comió una manzana y un plátano.

Leyó en la cama hasta que oyó aproximarse a Pablo; entonces apagó y fingió estar dormida.

Pablo se metió cautelosamente por el lado opuesto. Hubo un momento de espera, que hizo pensar a Maica que Pablo iba a empezar a leer; pero, al poco, oyó el ruido de sus gafas plegadas contra la mesita de noche. Maica se removió levemente, como en sueños, para acentuar después el ritmo profundo de la respiración. Temía notar el roce de aquellas uñas amarillas y astilladas entre sus muslos. Pero, en vez de eso, notó su cuerpo entero deslizándose piernas abajo, rozándoselas con la barriga: había cometido el error de no dejarse las bragas puestas y de llevar camisón en vez de pijama. Percibió su aliento contra el pubis, su lengua intentando abrirse paso. Maica siguió inerte, como dormida. Pablo se incorporó resoplando, se tendió a su lado y apagó la luz.

Dos

Al tenderse en la cama se dio cuenta, no ya de lo cansada que estaba, sino de hasta qué punto el viaje a Buenos Aires había sido innecesario. Lo que tenía que hacer ya estaba hecho; el objetivo, alcanzado, de modo que, teóricamente, podría haber vuelto a Madrid sin necesidad de dormir una sola noche en el hotel.

Más aún: lo que había resuelto, lo podía haber resuelto perfectamente por teléfono. La sensación de que el trato directo era más eficaz tenía algo de atávico, de primitivo: ver la cara del interlocutor mientras se cerraba el trato. Lo mismo que la visita del día siguiente a la propietaria del cuadro, que estaba de acuerdo de antemano: un acto ritual perfectamente prescindible. Pero tal vez había algo de necesario en la realización de esas formalidades de carácter ilusorio.

Con los pies en alto, descansando sobre la cabecera de la cama, repasó mentalmente la agenda, los asuntos todavía pendientes: cena con la gente de la Exposición, almuerzo con Beti Guereta y cena con la subcomisaria, tras visitar a doña María del Pilar, la propietaria del cuadro. Vivía muy cerca de La Recoleta, de modo que incluso esta visita podría haberla realizado hoy, y entonces volver a

Madrid sin haber dormido en Buenos Aires. Decididamente su viaje había tenido algo de escapada.

¿Era todavía capaz de disfrutar de este tipo de escapadas? Tal vez la verdadera cuestión era saber si aún había para ella algún aspecto de este tipo de escapadas que la compensara del cansancio. El que en otro tiempo los hubiera no significaba que siguiera habiéndolos igual que antes, cuando era estudiante. No recordaba que entonces le crearan problemas. Mientras que ahora, la espalda, los pies, ir al lavabo, todo era un problema. Quién sabe si la solución hubiera sido no quedarse corta, alargar aquel viaje, convertirlo en una verdadera escapada. Pero ni se le había ocurrido.

Se duchó, se maquilló más acentuadamente que antes y, mientras se tomaba otra cocacola, se probó unos zapatos distintos a los inicialmente elegidos, acaso con demasiado tacón para sus doloridos pies. No eran, efectivamente, los más aconsejables, pero no tenía mucha elección. Había cometido el error de ponerse un par nuevo para el viaje, y tenía lastimado el talón derecho y la parte superior de los dedos del izquierdo.

La terraza del bar en el que había quedado con Óscar Garante estaba llena de caras conocidas, gente que de alguna manera tenía algo que ver con la Exposición. La ministra, contrariamente a lo que se había dicho, aún no había llegado, ni se la esperaba ya hasta el día siguiente. A quien sí divisó de inmediato fue a Gómez Hugarte. Maica prefirió su mesa a la de los pintores, que igual se picaban si hablaba más con uno que con otro.

Gómez Hugarte tenía el aspecto algo desmejorado. Igual estaba algo enfermo o no le iban bien las cosas. ¿Le iban bien? Porque, se diría, tenía más prestigio que encargos, o al menos ésa acostumbraba a ser la situación de los teóricos de la arquitectura; su mismo sentimiento de superioridad les aislaba, les convertía en una especie de dinosaurios que ya no recibían más que encargos extravagantes. Así, al menos, estaban las cosas, aparentemente, cuando Maica le conoció en Santander. Habían participado en un coloquio, y ya entonces, sentados ante la misma mesa, Maica se había quedado en la duda de si todo aquello era un número o de si aquel hombre estaba loco de verdad y realmente no le interesaba construir lo que construían otros arquitectos. Ahora, años después, sentados en la terraza de un bar de Buenos Aires, el gratificante sabor de la cerveza indujo a Maica a dirigirle la pregunta que entonces quedó por hacer.

—Bien, no tener especial interés en construir las casas que suelen encargar las constructoras no me parece necesariamente un signo de locura —dijo Gómez Hugarte con hilaridad casi infantil.

—Pero es que, en la práctica, eso significa que no vas a tener más encargos que los de carácter público.

—¡Claro! Un arquitecto no tiene por qué ser como un pintor, al que se le compran cuadros que pueden llegar a valer una fortuna.

—Entonces, ¿no te interesa construir casas normales?

—No es eso. Vamos, es que no sé qué entiendes por *casas normales*. Lo que pasa es que el constructor suele tener una idea muy clara del tipo de casas que quiere vender. En realidad, para construirlas, ni siquiera necesita un arquitecto.

—Pero eso te convierte a ti en un arquitecto de caprichos.

—¡Qué le vamos a hacer! Las casas que me interesan salen caras porque se salen de lo común, se salen de lo común porque no gustan, no gustan porque no se parecen a las otras que ofrece el mercado y no se parecen a las otras que ofrece el mercado porque se salen de lo común. Es demasiado cansado pretender poner patas arriba todo eso.

No parecía enfadado. Más bien entre divertido y algo cohibido, como los tímidos que se sienten halagados por alguna observación. Daban ganas de tranquilizarle con un beso. O de dárselo para recompensar sus ojos sonrientes, sus labios alegres. Y, a decir verdad, no tenía mal aspecto. ¿Por qué se lo había parecido?

Apenas hubo posibilidad de seguir hablando. Maica pensaba que Óscar Garante había organizado una cena a la que estaba invitada, pero el proyecto pareció diluirse y una buena parte de los presentes terminó trasladándose a un restaurante típico porteño, conducidos por un tal Chema, un tipo de la Cámara de Comercio o algo así. El lugar parecía más apropiado para celebrar bodas y banquetes, y el espectáculo, la música, los tanguistas, hacían difícil toda conversación.

Algo parecido sucedió en el bar al que fueron después, lleno de gente que salía del teatro o de simples noctámbulos. Esta vez, Chema se sentó a su lado y Maica tuvo que hacer como que le escuchaba, asintiendo a cuanto él decía. Cuando vio entrar a Gómez Hugarte con aire despistado, tuvo ganas de decirle algo, si no desagradable, al menos punzante, que le hiciera reaccionar.

—¿Buscas a alguien?

—Supongo que a vosotros —dijo con ojos inocentes—. Como hemos salido desperdigados...

Otro del grupo vino a avisarles de que los demás les esperaban en otro bar; alguien se había confundido. De modo que se levantaron y, mientras caminaban para unirse a ellos, Maica aprovechó para escaquearse. Estaba acusando la noche pasada en el avión y no se sentía con fuerzas para seguir.

Durmió de un tirón y se despertó como nueva. La mañana era espléndida y la tenía libre. La aprovechó para pasear por Palermo; por primera vez se alegraba de haberse decidido a emprender el viaje, aunque fuese tan corto. En un anticuario se compró un pisapapeles de bronce en forma de gato durmiendo.

Almorzó con Beti Guereta: una comida de amigas que se encuentran casualmente y, con la libertad que da la distancia, hablan de amigos comunes. Resultó que Gómez Hugarte se encontraba entre ellos. El marido de Beti había trabajado con él en algún proyecto y Beti conocía además a su mujer, que murió años atrás en un accidente de coche. Águeda, dijo: una chica muy maja. Maica pensó que ni se le había ocurrido que Gómez Hugarte pudiera estar casado.

Por la tarde visitó a María del Pilar, la dueña del cuadro, una dama inverosímilmente preocupada por las apariencias y, probablemente, muy tacaña. Una visita breve, aburrida y, en definitiva, conveniente, ya que doña María del Pilar parecía enormemente desconfiada.

La subcomisaria la había citado en el mismo bar de la tarde anterior. Sería que era más temprano o que estaba más dispuesta, pero el caso es que a Maica el lugar le pareció mucho más atractivo que la víspera. Prácticamente la terraza entera estaba situada bajo las ramas de un enorme magnolio. ¿Cómo era posible que la otra tarde ni siquiera se hubiera dado cuenta?

Carmen, como si le adivinara el pensamiento, le dijo que había propuesto a Gómez Hugarte que se les uniera, pero que no le había visto muy convencido.

—¿Por qué no insistes? —dijo Maica.

Carmen se fue a telefonearle. Al volver contó que, como no le había encontrado, le dejó un mensaje con el nombre del restaurante y los de los cinco amigos que le invitaban a unirse.

El restaurante era muy agradable y se podía hablar con normalidad. Sólo cuando se encontraban ya en plena cena, Carmen cayó en la cuenta de que el sitio no correspondía al de la tarjeta que había utilizado al dejar el mensaje para Gómez Hugarte. Maica sugirió que se le volviera a llamar.

—Sí, habría que hacerlo —dijo Carmen.

—Deja, ya lo hago yo —dijo Maica.

Tuvo suerte: estaba en su habitación y, efectivamente, había ido al otro restaurante. Pero ya se había metido en cama y no le apetecía volver a salir. Quedaron en que, al día siguiente, pasaría a recogerla por el hotel, ya que iban a volar juntos.

Maica regresó a la mesa repentinamente contenta: le había alegrado oír su voz. Sólo al reanudar la cena se sintió de golpe como baja de forma. O tal vez cansada. Sin ganas de hablar ni de alargar demasiado en ningún caso. Por eso, cuando al salir del restaurante los demás siguieron de copas, se volvió al hotel. Lo hizo discretamente, sin despedirse más que de Carmen.

En el hotel se duchó con agua bastante caliente: le dolían los pies y otra vez la espalda. Al frotarse con la toalla pensó que, sexualmente, estaba muerta. Bien, no se podía tener todo en la vida.

Tendida en la cama se sintió mejor. Su espalda lo agradecía.

Disponía de dos almohadas muy largas. Se abrazó a una de ellas imaginando que era Gómez Hugarte. Decididamente, le hubiera dado un beso.

Tres

—En realidad, no parece que tengas miedo al avión —dijo Máximo.

—¿Tú sí? —preguntó Maica.

—Yo hubiera querido ser piloto. Si no lo soy es por una serie de casualidades.

—Yo no me lo llegué a plantear, pero supongo que me encantaría. Precisamente porque es inquietante. La verdad es que en pocos sitios me siento tan bien como en un avión. Es como si los problemas que puedas tener se esfumaran aquí arriba.

—Eso es porque la cabeza se te despeja y lo ves todo más claro. Muchas de mis mejores ideas las he tenido en los aviones.

—Lo que pasa es que, cuando me encuentro tan bien, más que pensar, me apetece disfrutar de lo bien que me encuentro. Por cierto, ¿no te tomarías otra cerveza?

—Mejor un whisky.

—¿No mezclarán mal?

—Al contrario. La cerveza hace cama y lo que tomes después te pega menos.

A Maica le animaba verle animado, divertido, la forma de decir las cosas, la expresión con que las decía. Habituada a una imagen pública en cierto modo impenetrable, verle así resultaba tan sorprendente como el que una estatua cobrara vida. Y le parecía halagador que él no intentara disimular que encontraba a Maica atractiva.

Tal vez era cierto que la cerveza amortiguaba el efecto del whisky. Pero aunque no se le hubiera subido a la cabeza, Maica tenía la sensación de estar hablando demasiado. Mejor: de estar poseída por un irrefrenable deseo de hablar, de hallar un verdadero placer en hacerlo. ¿Por qué le contó, si no, que en sus años de estudiante se la había chupado a un compañero de facultad en un autocar? Tenía la necesidad de contárselo, una necesidad que, una vez satisfecha, desencadenó la necesidad de contarle más cosas de carácter íntimo.

Pidieron un segundo whisky, no sin que Maica dijera que debía dosificárselos o empezaría a perder la cuenta. Pero se sentía en excelente forma y estaba decidida a mantenerla. Lo único que le preocupaba era la posibilidad de que Máximo la tomase por una especie de loca empeñada en ligar. Una impresión que en cierto modo podía escapar a su control si le contaba, como le estaba contando, que la noche anterior había sentido impulsos de besarle, que se había dormido abrazada a la almohada imaginando que era él. Y, sobre todo, si al contarle estas cosas se daba cuenta de que le excitaba contárselas, porque, probablemente, ahora también estaba deseando besarle, y abrazarle como a la almohada, y ser besada. Y que él la estrechara contra sí, y que hiciera con ella lo que quisiera.

En la medida en que daba por descartado que ese deseo pudiera encontrar un obstáculo, le pilló por sorpresa que Máximo, sin duda con la intención implícita de atajar la situación que se estaba creando, mencionase la historia de amor que estaba viviendo. Aunque era lógico. ¿Por qué habría de ser un hombre disponible? Una cosa era que su mujer hubiera muerto años atrás y otra muy distinta que a partir de entonces siguiera sin pareja.

Por un lado Maica se sintió contrariada. Por otro, en cierto modo, liberada: casi que era mejor, así se evitaban líos. Y, no obstante, la excitación provocada por el impulso de seguir hablando de sí misma para él persistía: el placer de formular en palabras hechos próximos a su persona, circunstancias personales que de algún modo justificaran o explicaran su actitud, persistía. Incluso cuando se encontraba haciendo confesiones que ni se le hubiera ocurrido pensar que podía llegar a hacer, ponerle al corriente de que estaba casada y de que su matrimonio, visto desde el presente, había sido un error incomprensible. Necesitaba decirlo, mencionar hasta el nombre del marido: Pablo Pérez Montalbo, ya que era forzoso que Máximo hubiera oído hablar de él. Hubiera deseado contarle toda su vida.

Fue entonces cuando le pidió un beso. Se le ocurrió de repente y, al mismo tiempo que se sorprendía preguntándole si ni siquiera eso le iba a dar, tenía la convicción de que iba a conseguirlo. Y aún se sentía poseída de esa convicción cuando lo sugerido era ya un hecho, cuando los labios de

Máximo se vinieron contra los suyos y una lengua los entreabrió y entreabrió sus dientes, llenando su boca de un sabor olvidado, ni tan siquiera desvirtuado por cierto aroma a whisky. «Un beso, sí», había dicho.

Maica se sintió recorrida por una sensación de calor, que continuó activa cuando Máximo se apartó levemente y, como tras un momento de duda, volvió a besarla.

—Gracias —dijo Maica.

—Soy yo quien debiera dártelas —dijo Máximo risueño pero como apurado, como repentinamente tímido.

El sobrecargo les trajo dos whiskies que no recordaban haber pedido. La película había terminado y había cola ante los servicios; la gente se preparaba para descabezar un sueño. Maica dijo que prefería dormir sentada, de forma que Máximo aprovechó los tres asientos libres de que disponían para tenderse.

Maica leyó un rato antes de apagar su luz. Máximo se había dormido casi de inmediato y ella pudo contemplar a placer su rostro en la penumbra.

Cerrar los ojos le valió únicamente para que, al descansarlos, se le disipara la somnolencia asociada al alcohol que por un momento la había dominado. Pudo más la excitación resultante de la situación que ella misma había creado desde el comienzo del vuelo. Se sentía, en cierto modo, avergonzada, pero, al mismo tiempo, animada, casi feliz. Una sensación que se reafirmaba cada vez que mirabа la cabeza de Máximo dormida junto a su regazo, como salida de un bajorrelieve.

Pensó en Luis, en cuando preparaban juntos el examen de septiembre que debía darles paso a la universidad. Desde primeros de agosto se había quedado sola en Palencia con el abuelo y Dolores, la sirvienta; su padre y sus hermanos estaban en Vigo. Por la mañana iba un rato a la piscina, temprano, cuando aún no había casi nadie, y luego empezaba a estudiar.

Luis venía sólo por las tardes y estudiaban juntos en la habitación que ella llamaba «el estudio», junto al dormitorio, ora sentados a la mesa, ora en el sofá. Hasta media tarde lo hacían con luz artificial, las persianas echadas para que no entrase el sol, colgando ante las ventanas abiertas, batiendo contra el muro. El piar de los pájaros les llegaba desde el alero; los vencejos arreciaban su presencia hacia el atardecer, cuando ellos recogían la persiana, ansiosos de aire fresco y luz suave.

Recordó el olor a persiana calentada por el sol, a su espalda, aquella tarde en la que Luis finalmente la besó, y luego le bajó el escote, y acarició y besó y chupó sus pechos. Inicialmente estaban sentados en el sofá, contra la ventana. Y Luis le recogió la falda mientras le quitaba las bragas, para hundir entonces la cara entre sus muslos y alcanzar con la lengua —ella lo hubiera jurado— lo más profundo de sus entrañas, sensaciones en cierta manera imaginadas y hasta esperadas, ese licuarse y licuarse perturbado sólo por el pensamiento de que no se había lavado. Y el tacto de la polla contra sus muslos, tiesa y suave, y las ganas de morderla cuando se la chupaba.

Al día siguiente, cuando se encontraron, ella se había lavado, y los dos siguieron reconociendo sus cuerpos enteramente desnudos aquella tarde y todas las tardes, en el sofá, acompañados por el olor y el sonido de las persianas calientes que batían fuera, de modo que la vez en que la desvirgó apenas si se diferenció de las restantes. Estudiaban algo a segunda hora, cuando recogían las persianas, y los dos aprobaron el examen, por más que para entonces ella ya había notado que se le retrasaba mucho la regla.

El viaje a Londres, para abortar, lo hizo en noviembre, aprovechando un fin de semana. Luis le ayudó a pagar el viaje y la clínica, pero no tenían dinero para que le acompañase. Teóricamente le había invitado una amiga.

A la familia de Maica ni siquiera le llamó la atención aquella escapada. Sabían que vivía en un piso con otros estudiantes, en Madrid, y habían renunciado a meterse en su vida.

Luis vivía en una residencia; pero muchas noches dormía con ella. No eran pareja: simplemente salían juntos. Estaban de acuerdo en que formar pareja era como encerrarse en una jaula, una especie de atentado contra la libertad que no había que cometer bajo ningún concepto.

Una noche, al volver a casa, le pareció reconocer en otra habitación la risa de Luis. Maica se asomó sin llamar y lo encontró en la cama de Nieves, ambos sumidos en la tarea de chuparse mutuamente, tendidos de costado. «Perdón —dijo—. Por mí podéis seguir». La miraron con estupor, alzando las cabezas. Luis la llamó, y al ver que ella se largaba, siguió haciéndolo asomado al pasillo, sin atreverse a seguirla así desnudo. Aquella misma noche Maica se acostó con un compañero de la facultad.

¿Había obrado bien? En cualquier caso, nunca se arrepintió de haberlo hecho. No volvió con Luis, aunque el compañero de facultad resultase de lo más decepcionante. Vamos, como casi todos los ligues ocasionales de aquella época. Y de cualquier otra. Una fatalidad que quien debía conjurarla era precisamente Pablo Pérez Montalbo, un hombre cuya tendencia a la gordura y a la calvicie se veía sobradamente compensada por el atractivo de la inteligencia, que un deje neurótico en el comportamiento no hacía sino realzar. Eso al menos pensó al conocerle. ¿Qué pudo haberle inducido a pensarlo?

Con el tiempo, el rencor hacia Luis cedió y reanudaron su amistad, pero nunca volvieron a ser amantes. Maica guardaba muy buen recuerdo de sus comienzos, en Palencia. Era una experiencia casi infantil, que venía a culminar el recuerdo de cuando jugaba a médicos con Jose y dos primas, también en Palencia, unos años antes. Lo hacían en El Encanto, la finca del abuelo, situada a las afueras de la ciudad. Una vez en que ella hacía de médico, puso un supositorio a Jose, es decir, le metió el dedo en el culo y, al enderezársele la colita, Marisa se la empuñó y entonces, para alarma de todos, a Jose le entraron como estertores, igual que cuando ella se tocaba la rajita y, por primera vez, le dieron aquellos estremecimientos que tanto la asustaron.

En cuanto llegaban las vacaciones de verano, Maica iba a El Encanto hasta dos veces al día. Por la mañana, en bici, antes de desayunar. Allí se hinchaba a comer fruta del huerto, sobre todo albaricoques y melones y, a partir de agosto, higos y uvas.

Por la tarde, la familia entera se llegaba paseando hasta El Encanto. La fuente, según el abuelo, era la mejor de Palencia, y teóricamente iban a tomar el agua. En la práctica, lo que hacían era merendar a la sombra del porche. En la casa había cocina, comedor, baño, habitaciones, de todo. Y a Maica le hubiera gustado quedarse a dormir alguna noche, pero siempre volvían a la ciudad.

Cuando los mayores dejaron de acompañarlos, los chicos siguieron yendo solos. Era entonces cuando jugaban a médicos. En las habitaciones.

Pero Maica prefería las excursiones que hacía sola, de mañana, en bici.

Al regresar, desayunaba vorazmente: leche con cacao y tostadas con mantequilla y mermelada de moras. Hasta que un año cayó en la cuenta de que había engordado cinco quilos y dejó de hacerlo.

El plato y la taza del desayuno tenían el tono y el tacto de la piel de una castaña, y el motivo ornamental lo constituían unas hojas de castaño de cierto relieve en color verde tierno. Para Maica, la taza y el plato más bonitos del mundo.

Cuatro

Los cielos de París, grises y bajos como la tapa de un ataúd. Maica recordó los versos de Baudelaire. Así, como esos cielos de París, su vida de cada día. Y ella, como el cadáver que yace bajo esa tapa que se cierra, que se abate para separar lo que está vivo de lo que está muerto. Su cuerpo, ella, el cuerpo de una muerta.

No tenía sentido soñar, entregarse a fantasías. Su vida era eso: su trabajo, el estudio, la secretaria, el ordenador, el teléfono. Y su deber, sacarle el mayor partido posible, trabajar bien para poder seguir trabajando, para ganarse el aprecio de los demás. Y ser capaz de disfrutar de ese aprecio y de ese reconocimiento, ya que era lo único que tenía.

Pilar no era precisamente un lince. Pero era metódica, ordenada, dispuesta, y tal vez era una ventaja que anunciase alegremente ser incapaz de tener una sola iniciativa. Lo suyo era aplicarse con todo el empuje al trabajo previsto, cumplir, tener la seguridad de estar al día, de que terminaba la jornada sin dejar una sola llamada sin responder, una sola carta sin registrar.

Y para Maica eso era más que suficiente: saber que podía dejar en sus manos la parte más rutinaria del trabajo. Y que, pese a ello, Pilar la apreciaba. Al principio, cuando empezó a trabajar para ella, le hizo alguna broma respecto a su condición explotadora, de negrera; Pilar rió cortésmente, sin entenderla, y Maica renunció a seguir por ese camino. Corría el peligro de que Pilar se afligiera temiendo que ella estuviera descontenta de su trabajo.

Pero incluso los aspectos más creadores de su propio trabajo se le venían encima con frecuencia. Una cosa era desarrollar las ideas maestras de la exposición propuesta, y otra muy distinta plasmarlas en la pantalla del ordenador, formularlas, detallarlas, justificarlas. Necesitaba entusiasmarse con la obra del artista o de los artistas elegidos, y eso no siempre era fácil. Con frecuencia caía en la cuenta de que se estaba engañando a sí misma para poder engañar a los demás, para convencerles de unos valores artísticos que no la convencían a ella. Pero ¿cómo realizar su trabajo sin un mínimo de confianza en lo que hacía?

De cualquier modo, peor que el trabajo propiamente dicho eran las vertientes *sociales* de ese trabajo. La relación personal, las reuniones, las comidas o cenas, los cócteles, las celebraciones. Un trabajo casi de actriz: *representar* el entusiasmo del que carecía, y del que, posiblemente, carecían también una buena parte de sus interlocutores. Decir, argumentar de palabra, lo que ya se le hacía cuesta arriba expresar por escrito. Críticos, marchantes y galeristas esmerándose en halagar a un empresario metido a coleccionista para quien, en el fondo, lo fundamental era el negocio. Es decir:

hacerse una fortuna a ratos perdidos gracias a su gran visión artística, a que tenía ojo. Y que se supiera.

Y el teléfono, las llamadas que todo eso suponía. Las llamadas inútiles. Los teléfonos que comunicaban. La gente que acababa de salir o que no podía ponerse porque estaba hablando por otro teléfono o estaba reunida. O lo de que llamaría en cuanto terminase y luego no llamaba. Y ella tenía que volver a llamar diciendo que tal vez la habían telefoneado mientras ella comunicaba, para volver a encontrarse, pese a todo, con que la persona a la que había llamado seguía sin poder ponerse. En cierta manera, su trabajo tenía algo en común con el del arquitecto, sólo que ella construía en el aire.

Y, al llegar a casa, Pablo. Dejar Málaga para llegar a Malagón. Salir de Guatemala para encontrarse en Guatepeor. ¿Se demoraba a última hora en cuestiones pendientes a fin de retrasar al máximo el regreso? Seguramente. Y por fuerza tenía que resultar antipática en su comportamiento, brusca, expeditiva, preventivamente de uñas respecto a lo que él dijera. En ocasiones se había preguntado si esa actitud suya tan borde, en definitiva una cuestión de carácter, no estaría en el origen de todas sus desavenencias. Pero ¿cómo evitarla si él iba a estar inevitablemente de uñas, predispuesto al enfrentamiento verbal por cualquier motivo? Su cigarrillo humeante y su vaso de whisky eran como estandartes desplegados ante la inminencia de la batalla.

—Entre los pintores hay menos mariquitas —dijo.

—¿Menos que entre quiénes?

—Que entre los escritores.

—No tengo estadísticas. Es posible.

—Ni falta que hace, es algo sabido. Lo que pasa es que también son más burros. Y no quiero establecer una relación causa efecto entre ambas cosas, que conste.

—Me lo imagino. Pero asnos hay en todas partes.

—Entre los pintores, más. Para ser buen pintor no hace falta ser inteligente. Fíjate en los más famosos. Incluso es posible que sea conveniente ser un poco burro.

—También los hay inteligentes. Y no falta algún que otro homosexual.

—Menos que entre los escritores. Con los arquitectos pasa lo mismo. Hay pocos arquitectos mariquitas. En cambio hay muchos que están locos. Es un oficio que atrae a los paranoicos.

—También les atrae la psiquiatría.

—Desde luego. También hay pocos psiquiatras que sean mariquitas. ¿Has tenido alguna vez relaciones sexuales con alguno?

—¿Psiquiatra?

—Mariquita.

—No, que yo sepa —Maica se incorporó—. ¿Sabes qué te digo? Que me está entrando sueño. Me parece que me voy a dormir.

Pablo le reprocharía —se lo reprochó— que dormía más que una marmota, pero, habituada a su intrincado discurrir, Maica sabía que la conversación estaba llegando a un área de alto riesgo en la que la palabra más insospechada podía prender como una chispa caída sobre cualquier clase de materia inflamable. Lo aprendió el mismo día de su boda, cuando por algún motivo que ni siquiera recordaba, le dijo que estaba loco, y él, como para dar vida a un comentario hecho del modo más intrascendente, en sentido figurado, montó en cólera como sólo podía hacerlo un loco de verdad. Maica lo había atribuido a la tensión nerviosa de hallarse camino del restaurante donde aguardaban tantos familiares y amigos. Y se sintió torpe y desmañada y, en último término, idiota.

Por otra parte, se durmió verdaderamente como una marmota. Al menos en eso, Pablo había conseguido acabar teniendo razón.

A la mañana siguiente, Bea la llamó al estudio. Iba a venirse un día a Madrid y quería que almorzaran juntas.

—¿Qué tal por Buenos Aires? —preguntó.

—Pues bien. Corto pero agradable. Es una ciudad que me gusta. Lástima que quede tan lejos.

—Te pregunto por Gómez Hugarte, no por la ciudad.

—Bueno, lo dicho también vale para él. Un chico agradable.

—¿Sólo eso?

—No hay base para decir más.

—Pues mal hecho. Yo le hubiera agarrado por la polla. Pero ya te sonsacaré la verdad. Te encuentro muy reservada.

Al poco rato de hablar con Bea, llamó Máximo. Tanto como reconocer su voz, asimilar que era él quien telefoneaba desconcertó a Maica la coincidencia, el hecho de que acabaran de mencionarlo en su conversación con Bea. ¿Habrían hablado entre sí?

Un desconcierto que pronto quedó relegado a un segundo plano por la concisa precisión de las palabras que iba escuchando: lo de haberse puesto burro al pensar en ella. O lo de montarla. Cosas que Máximo decía referidas a ella. ¿Estaba oyendo realmente todo eso? Pese a sentirse pillada por sorpresa, tenía la sensación de estar reaccionando bien, de contestar adecuadamente, por más que Pilar se hallase extendiendo unos papeles sobre la mesa y su presencia inhibiera cualquier posibilidad de pedir puntualizaciones. Y aceptó sin vacilar su invitación de almorzar juntos al día siguiente. Bien: sentía como calor.

Al reconstruir mentalmente la conversación volvió a chocarle lo de *montarla*. Tal vez porque Pablo le había dicho que en más de una ocasión, más que montar exposiciones de arte, su comportamiento era el de una mujer que se dedicaba a montar artistas. La misma expresión que Máximo había utilizado en un sentido posiblemente más literal: montarla. Respiró hondo. ¿Cómo lo haría? O, cuestión previa: ¿lo haría realmente? Se imaginó cabalgada por Máximo, los dos al pelo. Recordó aquella vez en que Luis le abrió las nalgas y le besó el culo. Ella le hizo lo mismo poco después, como de pasada. Pero no lo hablaron.

Aunque no solía hacerlo a estas horas, salió a tomar un café; le apetecía. Pilar le había pedido permiso para hacer unos recados y Maica le dijo que si quería podía irse, que no volviera hasta la tarde.

En lugar de tomar el café en la barra, lo tomó en la terraza. Al sentarse, un par de jóvenes con indumentaria de ejecutivo agresivo comentaron, al rebasarla, que darían lo que fuera por un mirlo blanco. Ella iba de blanco; le hizo gracia la alusión. Más de una vez había terminado por acostarse con un tipo simplemente porque le había dicho algo que tenía gracia. Y el resultado había sido un encuentro perfectamente olvidable. ¿Sucedería algo similar al día siguiente con Máximo Gómez Hugarte? Habría que arriesgarse. Se arriesgaría, sí. Valía la pena hacerlo aunque sólo fuera por esa vez, una más, quién sabe si la última. Aunque terminara de nuevo en algo perfectamente olvidable. ¿Por qué rendirse de antemano?

Al regresar al estudio se encontró con que estaba sonando el teléfono. Corrió a cogerlo con irreprimible ansiedad. Era Jose. No pudo ocultar su decepción. No, no tenía tiempo para verle hoy ni, mucho menos, para que almorzaran mañana. Eso, la próxima vez que viniera a Madrid. ¿Qué tal por Palencia?

Se lo había sacudido de mala manera; tenía conciencia de que, a veces, su comportamiento era de lo más borde. Bien, ya no había remedio. Y, por suerte, Jose no era picajoso. Parecía encontrarlo hasta normal. Al menos en ella. Qué raro que fueran hermanos. Jose había hecho todo lo que su padre hubiera deseado que ella hubiera hecho. No era magistrado pero al menos había estudiado Derecho. ¿De qué viviría en Palencia? O, simplemente, ¿qué haría por allí?

Cinco

Pablo apareció en la puerta de la cocina, el pijama abolsado, un cigarrillo humeando en los labios.

—¿Ya te levantas? —preguntó Maica.

—No puedo dormir.

—¿No tomas pastillas?

—A veces no bastan.

—Si quieres te preparo un café.

—Esperaré a Manoli.

—Tómate entretanto el que queda en la cafetera. Yo no quiero más.

Pablo se sentó sin mirarla.

—¿Quieres que cenemos por ahí esta noche?

—No puedo. Tengo un cóctel y llegaré tarde.

—¿No te entra sueño cuando vas de cóctel?

—Me entra después.

—Claro, en casa.

—Me levanto antes que tú.

—Podrías no hacerlo. Nadie te fija el horario. Pero, bueno, lo que decía es que hace tiempo que no cenamos fuera.

—Podemos hacerlo algún fin de semana.

—¿Como si fuéramos un matrimonio normal?

—No sé cómo son los matrimonios normales.

No le apetecía tomar el autobús y paró un taxi, la moral por los suelos. ¿Por qué almorzar con

Gómez Hugarte? Su vida era aquello. La convivencia con Pablo y el trabajo como liberación. De esa realidad salía y a esa realidad tenía que volver.

Pilar le pasó las llamadas y la correspondencia. La abrumó el mensaje de la Gordillo: les invitaba a cenar a ella y a Pablo y quería fijar fecha. La alentó el de Beti Guereta: que le quería contar lo de Buenos Aires, que a ver cuándo se veían. La estimuló el de Corberó: que cuándo iba por Barcelona. Le apetecía ir por Barcelona, aunque sólo fuese a pasar el día. Y le apetecía almorzar con Beti Guereta y que le contara cosas de Buenos Aires. Pero, por el momento tenía que ocuparse del encargo de Bellas Artes y echar un vistazo al material seleccionado para la exposición colectiva.

Se sentó con desánimo ante el ordenador. Iría al almuerzo porque ya era tarde para cancelarlo. Pero le diría de entrada a Gómez Hugarte que no tenía sentido que se vieran. Contempló su silueta en la pantalla del ordenador; se ahuecó el pelo.

Gómez Hugarte la estaba esperando ante una mesa de la terraza: llevaba una chaqueta clara y una camisa de polo negra que le sentaba muy bien. Le propuso que almorzaran allí, más tranquilos que en el interior climatizado. Nadie diría que era el mismo hombre que la víspera le habló como le habló por teléfono. Más que el de un seductor, su trato era el de un viejo amigo que se alegra sinceramente del encuentro. Y Maica se dio cuenta de que también ella se alegraba de verle, de entrar en contacto con su mirada, con su sonrisa.

Se sentaron frente por frente. Cuando estaba serio, al escucharla mientras ella hablaba, la línea de su boca le resultaba todavía más atractiva. Y los ojos, serenos pero acogedores, como emitiendo luz antes de volver a sonreír. Le atraía el engarce de la mano con la muñeca y le hubiera gustado acariciarla cuando le alargó la copa de blanco frío. Lo apuró de un trago. Necesitaba hacerlo.

¿Se tomó en serio las palabras de Máximo cuando, de buenas a primeras, le dijo que, a ella, él no le convenía? Mientras le escuchaba, se dijo que probablemente no era una treta, un tira y afloja, sino algo que él se creía en la obligación de advertir por más que contrariara sus deseos. No: con todo y sorprenderse de tanta seguridad en sí misma, de sentirse hasta cierto punto irresponsable, no se tomó en serio, ni por un momento, las palabras de Máximo.

¿Por qué, si no, estaba sentado frente a ella esforzándose en caerle lo mejor posible? Su actitud, su comportamiento, desmentían sus palabras. Sobre todo, teniendo en cuenta que todo ese despliegue, a la vez de afecto y de franqueza, tenía por objeto ponerle al corriente que su historia de amor, la historia de amor que había mencionado en el avión, estaba liquidada. Una noticia que, se dio cuenta, a ella le llenaba de alegría por dos razones: la de que Máximo se sintiera libre y la de que él se sintiera obligado a comunicárselo para justificar la llamada telefónica de la víspera. Pues, ¿por qué esa obligación precisamente respecto a ella? ¿Por qué la había telefoneado precisamente a ella y no a cualquier otra amiga? ¿No le ponían *burro* las otras? ¿No se imaginaba a sí mismo *montándolas*, haciendo lo que había imaginado hacer con ella?

Se encontró deseando convencerle y convencerse a sí misma de que era un disparate renunciar a verse, a estar juntos, si se sentían a gusto. Sobre todo, Máximo no debería temer hacerla daño. Si se reconciliaba con Concha, ella sería la primera en comprenderlo. Al contrario, le agradecía la franqueza con que le había expuesto semejante eventualidad. Maica no se planteaba, ni creía que debieran plantearse, nada más allá del simple hecho de que estaban a gusto, así, juntos, charlando como buenos amigos. Una sensación de bienestar que se acentuó intensamente cuando él le tomó la mano posada sobre el mantel y se la acarició brevemente antes de servirle la primera copa de su segunda botella.

Maica volvió a tener la impresión, experimentada ya en Buenos Aires, de que Máximo y ella se conocían desde siempre. Una impresión basada probablemente en la libertad con que ambos se expresaban, sin ganas, no ya de ocultarse nada, sino tampoco de destacar determinados aspectos de la propia personalidad con vistas a ofrecer una imagen sugestiva de sí mismos. Nada en común con otras veces, en diferentes épocas de su vida, el comienzo de la relación con algún chico, cuando tanto ella como él habían ajustado su comportamiento al que parecían exigir las circunstancias, como si la situación hiciera obligado atenerse a papeles previamente establecidos.

Máximo le propuso echar una siesta y Maica aceptó enseguida. Se habían bebido dos botellas, y el whisky que tomaron con el café fue la puntilla. Máximo la cogió nuevamente de la mano. A Maica le resultaba agradable ese estado que la sumía en una relativa irresponsabilidad, al tiempo que estimulaba, se diría, su receptividad sensorial. Pero le aterraba la perspectiva de tener que enfrentarse a Pilar tan relajada de ánimos y, más aún, la de recomponerse para ir al cóctel de Siruela sin haber descansado un rato. Por otro lado, lo último que le apetecía era separarse de Máximo, encontrarse de pronto falta de su compañía.

Sólo al llegar a su casa cayó en la cuenta de que todo apuntaba a que ocurriese lo contrario de lo que estaba enunciado, que Máximo y ella fueran verdaderamente a echar la siesta, que hubieran venido hasta su casa simplemente para descansar un rato. Necesitaba descansar, dormir unos minutos a ser posible; pero la idea de que tal vez no era eso lo que harían, de que tal vez terminaran abrazándose y besándose, y Máximo cumpliera su determinación de *montarla* le cortó la respiración. Era, ni más ni menos, lo que deseaba que sucediera.

Graduó el agua de la ducha para que saliese casi fría. La fuerte presión de ese frío contra la piel tuvo un efecto tonificante, pero, al tiempo que se espabilaba, los pensamientos e imágenes que la invadían aumentaron su agitación. Imágenes dispersas y fugaces de cuerpos desnudos entrelazándose, volando juntos, cabalgada por Máximo mientras remontaban los cielos nocturnos. Si al enjabonarse había advertido que estaba húmeda, tras secarse enérgicamente con la toalla comprobó que seguía estándolo.

Se tendió en la cama en silencio, entrando por el lado opuesto al que ocupaba Máximo. Aunque yacía boca abajo, la cara hundida en la almohada, notó en el pelo que Máximo la estaba mirando. Cuando le oyó moverse, tuvo la sensación de estar adivinando con segundos de anticipación lo que iba a suceder, lo que estaba sucediendo, gesto por gesto, movimiento por movimiento. La aproximación del otro cuerpo hasta superponerse al suyo, su peso a la vez ingrávido y rotundo, su respiración contra la oreja, aquella mano que le subía por el albornoz apartándolo a un lado, el firme contacto de una polla extendida longitudinalmente entre sus nalgas.

V

Un paseo hasta El Escorial

Uno

Hablar de sí misma en tercera persona, de Francisca Gordillo, era en ella sinónimo de trascendencia, de la validez objetiva de la frase que pudiera estar enunciando.

—Es que, a estas alturas, se supone que cuando menos la crítica debiera saber lo que para un artista significa estar representado por Francisca Gordillo.

—Y lo sabe —dijo Maica—. Pero ni siquiera a ti te gustan todos tus representados.

—¡Pues claro! ¡Cómo iban a gustarme! ¡Nada más faltaría!

—Ahí está. Tú hazte a la idea de que nos movemos en el mundo de la alta costura y no en el del arte, y de que en vez de cuadros vendes modelos de algún gran modisto que no te gustan ni pizca.

La Gordillo movió levemente la cabeza en sentido afirmativo una y otra vez, mirándola de hito en hito con expresión de quien se sabe víctima de una injusticia radical.

—Pero a ti tampoco te gusta Mercedes Joan.

—Digamos que no es santa de mi devoción.

—¿Qué pega le ves?

—La más común: oficio sin talento.

—¿Y esas atmósferas desoladas que sabe crear?

—Hopper.

—No me digas más, que aún me vas a convencer. Y yo que creía que sincronizabais bien. Vamos, convencida. Y, claro, una chica de su talento, con la garantía de Francisca Gordillo y el respaldo crítico de Maica Hériz...

—El que no me entusiasme a mí no quiere decir que tu idea no vaya a funcionar. Hay críticos que suelen tratarla bastante bien. Tener oficio ya es algo.

La Gordillo tomó una nota en su bloc.

—No, si te agradezco mucho todo lo que me has dicho: me ha sido de gran utilidad. Por cierto, quería preguntarte, ¿y qué es eso de que tienes novio?

Siguió escribiendo unas palabras más antes de levantar los ojos. Maica comprendió que habían alcanzado el nudo argumental. Lo intuía desde hacía rato: para proponerle lo de Mercedes Joan no era necesario que se vieran; podían haberlo tratado perfectamente por teléfono. Tenía que haber algo más.

—Veo que hay gente mejor informada que yo misma.

—Novio o como quieras llamarle, ya me entiendes. Que os vieron extraordinariamente acaramelados en un bar. Y por la calle, saliendo de un portal. ¿Es cierto?

—Si me prometes no seguir indagando, te diré que sí.

—¡Qué bien! ¿Quién es él?

—¿Lo ves? Ya estás indagando. Y luego los chismes vuelan.

—¡Pero Maica! ¡Parece mentira que me conozcas tan mal! ¡Si yo soy una tumba! Te lo he preguntado porque te veo mucho mejor que de costumbre.

—Preguntar ya es chismorrear.

—Pero yo te lo he preguntado a ti, directamente a ti. Y es porque se te ve, no sé, más feliz. ¿Le conozco?

—Tienes que prometerme no contárselo a nadie. Podrías crearme un problema.

—Eso no debieras ni pedírmelo. ¿Quién es?

—Máximo Gómez Hugarte.

—¿De veras? ¡Qué maravilla! ¡Un hombre tan interesante!

—Si lo cuentas, te mato.

—¡Pero qué dices! ¿A quién quieres que se lo cuente? Si algo te delata es la felicidad que rebosas. Estás cambiada, te lo aseguro.

Al contemplar su expresión risueña, iluminada, Maica se sintió algo paranoica. Por mucho que la Gordillo se cansara de repetir que el fundamento del poder era la información, estaba claro que, para ella, el verdadero objetivo de la información era la propia información. Estar al tanto de todo. Vivir merced al chisme, a través de otros, las experiencias que su realidad personal no le ofrecía. Bien: así, al menos, ahora que ya lo sabía, no seguiría empeñándose en invitarla a cenar junto con Pablo.

—Pareces otra —le dijo desde la puerta al salir a despedirla—. Estás magnífica.

Magnífica, sí: ésa era la palabra justa, pensó Maica mientras se alejaba. ¿De qué otra manera podía sentirse después de semejante tratamiento, un hombre que no se cansaba de acariciarla y besarla y abrazarla? Aquel cuerpo más atlético de lo que hubiera supuesto, más fuerte, más flexible, suave y duro, dulce y violento. Su sudor, su respiración, aquella vez que le dio la vuelta y le separó las nalgas y le sorbió el culo y le hundió la lengua y luego los dedos, primero el índice y después el pulgar, girando, dilatando, ensanchando más y más, para entonces tomarla por las ingles y levantarle el trasero, metiéndole de nuevo la lengua mientras la arrastraba sobre los codos y las rodillas hasta el borde de la cama y allí, puesto de pie, le hacía sentir la polla según entraba, precisa y sedosa, y los huesos de la pelvis chocaban contra sus caderas, entregados ambos a una sola galopada a rienda suelta. Se lo había dicho al principio: me parece que todo el respeto con el que te voy a tratar en la vida te lo voy a perder en la cama.

Era todavía muy temprano para almorzar, pero Máximo tenía un compromiso, y lo último que a Maica le apetecía era volver a comer a casa; ni llamar por teléfono para decir que no iba. La simple idea de sentarse frente a Pablo le parecía una incongruencia.

De un modo instintivo se dirigió al restaurante al que solía ir con Máximo, no muy lejos del estudio. Le resultaba atractivo, aunque fuera sola, ocupar alguna de las mesas de siempre, que le atendiera el mismo camarero de otros días.

—Hoy vengo sola —dijo, consciente de que estaba dando una explicación innecesaria.

Y no bien le trajeron el vino, volvió a evocar el cuerpo de Máximo, primero en abstracto, por partes: sus labios, sus ojos, sus manos, su pecho, su espalda, sus caderas, su polla, su culo, sus muslos, sus pies. Luego en relación a ella, al acoplarse a su cuerpo, ambos desnudos. Es decir: la relación entre el 1, el 2 y el 3 de él, con sus propios números, el 1, el 2, el 3, el 4 y el 5. Nunca hubiera imaginado que fuera a hacer lo que habitualmente estaba haciendo, que todo aquello fuera sencillamente real. El simple intercambio de información, como decía Máximo. Una información que hacía que las células de cada parte de su cuerpo desearan, cada vez más intensamente, la proximidad, o mejor, la integración con las células que formaban el cuerpo de Máximo, ser unas y otras una misma cosa.

Pilar se alegró de verla regresar al estudio tan temprano. «Últimamente tiene usted mucho mejor aspecto», le dijo, feliz, a todas luces, de poder decírselo. Maica pensó que, tanto por lo menos como el aspecto, contaba el ánimo con el que hacía frente al trabajo de cada día; ella misma era la primera en notarlo. No sólo gastaba bromas que antes ni se le ocurrían, sino que hasta las cuestiones de rutina las resolvía con mayor eficacia.

Pero ahora, más que trabajar, le apetecía mandar un fax a Máximo. Aunque no fuese a leerlo hasta que llegase a su estudio, hasta poco antes de que se vieran.

«Amadísimo 123

»Tu descubrimiento del sexto sentido cada vez me parece de mayor trascendencia tanto para la Humanidad en general como para esta humilde servidora de información en particular.

»Además, es precisamente el sexto, quiero decir que ocupa el lugar que le corresponde, tras los cinco precedentes. Y así como vista y oído se potencian mutuamente, y gusto y olfato son a veces una misma cosa, el sexto, esto es, el sexo, participa a su vez de los que le preceden.

»¿Te parece posible imaginar siquiera el sexo con independencia de los restantes? ¿No ya sin la vista o el tacto, sino también sin el oído, el olfato y el gusto? Y, sin embargo, es algo completamente distinto a la suma de todos ellos. Cabe incluso pensar que podría funcionar aunque todos los restantes estuviesen atrofiados. Para licuarme, por ejemplo, me basta pensar en ti.

»También me parece evidente que el séptimo sentido corresponde a la intuición, al que antes se entendía por el sexto; antes de que tú descubrieras el verdadero. Y ese séptimo sentido, esa intuición, es sin duda lo que me impulsó a pedirte un casto beso a nuestro regreso de Buenos Aires. El beso que está en el origen de toda la información que venimos intercambiando desde entonces.

»No se te ocurra respetarme nunca. H.»

Acababa de mandarlo y se estaba tomando un café que le había preparado Pilar, cuando vio llegar un fax. Era de Bea:

«¿Hay alguien ahí? ¿Hay alguien que se acuerde de mí?

»Supongo que tienes novio, ya que a mí me tienes olvidada. Y aún no sé si voy. ¿Vienes tú? Dime algo.

»Bea.»

Maica contestó de inmediato:

«Tengo novio. Pero te beso en los morros.

»Maica.»

La respuesta de Bea no se hizo esperar:

«¿Es más joven que tú? Yo creo que empiezan a convenirnos jóvenes.

»Bea.»

Maica volvió a contestar en el acto:

«No es más joven, pero me conviene.

»Maica.»

Y Bea:

«Vale, morro.»

Dos

Lo mejor de aquel viaje a Barcelona era la conciencia de estar viajando juntos, como si Máximo y ella fueran ya una pareja como cualquier otra, que hacía las cosas a la luz del día. Poder ir con él a casa de un amigo como Corberó, hablar de lo que se terciara con la misma naturalidad que si se conocieran de toda la vida. Maica se daba cuenta de que hasta el detalle más nimio, agarrarse a Máximo, que él le pasara el brazo por la cadera, le producía mayor satisfacción que en Madrid. Ni siquiera le preocupaba la posibilidad de que algún amigo de ellos, o lo que sería peor, de Pablo y ella, les pillara en semejante actitud.

No dio explicaciones a Corberó; le parecían sobrantes. Y Corberó tampoco hizo preguntas. Al despedirse, se limitó a felicitarla. «Nunca entendí qué podías haber visto en el otro», le dijo. ¡El otro era Pablo! Maica le hubiera dado un beso, pero temía que resultase fuera de lugar. Una de las clásicas reacciones infantiles que siempre le reprochaba Pablo. Y que ella había llegado a considerar socialmente reprobables. Para Máximo, sin embargo, eran saludables manifestaciones de espontaneidad.

También le gustó la manera en que discurría la conversación general, la naturalidad con que tanto ella como él se integraban en lo que se decía. La cordialidad y el comedimiento que caracterizaban la forma de hablar de Máximo era algo que conocía desde Buenos Aires, pero ahora formaban pareja. Y Máximo no la desautorizaba automáticamente como solía hacer Pablo, ni mucho menos buscaba aliados contra ella entre los presentes o intentaba ridiculizarla, una tendencia que Maica nunca llegó a explicarse. A veces, eso sí, tenía la sensación de hablar demasiado, pero Máximo le dijo que también eso era una impresión equivocada, que no hablaba más que cualquier otra persona.

Pasaron la tarde entregados al ejercicio erótico. Maica temió no estar a la altura, en parte porque había bebido demasiado y en parte porque se sentía algo dispersa, distraída por las propias incidencias del viaje. También se sentía llena, necesitada de ir al lavabo. Y aprovechó la llegada al hotel para escabullirse, mientras Máximo rellenaba la ficha de registro. Inmediatamente se sintió mejor, y en la ducha, cuando él la besó y abrazó y le metió el dedo enjabonado en el culo, estaba ya perfectamente centrada, ansiosa de que sucediera exactamente lo que estaba sucediendo, ya en la cama, aplicados, ora a un ejercicio, ora a otro, adormeciéndose entre vez y vez, abrazados el uno al otro, los cuerpos sudorosos.

—Me gusta verte en el espejo —dijo Maica—. Pareces Lucifer.

—Tú también te transformas. Eres por lo menos tres Maicas. De cuerpo entero, de medio cuerpo y muy cerca, cada vez más guapa.

Maica iba con la idea de haber visto a Bea, tal vez de cenar juntos. Pero a estas horas, si estaba en casa, seguro que había cenado hacía ya rato. No obstante, la llamó por teléfono, todavía tendida en la cama.

—¡Qué morro! —dijo Bea—. Podías haber avisado.

—No tenía una idea muy clara de cómo íbamos a ir de tiempo. Aquí estamos más libres que en Madrid.

—¿Y no descansáis nunca?

—Si pensaba llamarte. Lo que pasa es que se nos han liado las cosas.

—Salta a la vista. Pero aunque sólo hubiera sido para conocerle y estar segura de que te conviene.

—No te quepa duda. Ya le conocerás en Madrid. O cuando volvamos.

—¿Tan en serio vais? ¿Qué planes tenéis?

—Supeditar todos los planes al de estar juntos.

—Oye, prenda, que esas cosas hay que tomárselas con calma.

Quedaron en verse en Madrid. Maica se daba cuenta de que había evitado decirle que *él* era Máximo Gómez Hugarte. ¿Temería no saber responder a sus bromas en presencia de Máximo? Pero tampoco se lo había dicho antes, aprovechando algún momento en que Máximo no estuviera delante.

Mientras se vestían, le comentó a Máximo que Bea le había pedido, antes del viaje a Buenos Aires, que, si llegaba a conocerlo, se lo pasara.

—¿Es atractiva? —preguntó Máximo.

—Yo diría que sí.

—Entonces, ningún problema. Nos acostamos los tres.

—¡Ni hablar! ¡Me moriría de celos!

—Eso te lo parece ahora. Pero, en realidad, te gustaría. Vamos, te gustará cuando lo hagamos.

—¿Y por qué no con un chico?

—Si tú quieres...

—¿No tendrías celos?

—No creo.

—¿Y si me gusta más que tú?

—Me parece tan poco probable como el que tu amiga me guste más que tú.

Se dirigieron a un restaurante situado al otro lado del Paseo de Gracia, algo más arriba de la masa iluminada de La Pedrera, no muy seguros de que no estuviera ya cerrada la cocina. Pero aún no había cerrado, y encontraron una mesa libre abierta a la animación callejera. Cenaron con excelente apetito.

Al salir, Maica creyó reconocer una cara con bigote que había visto al llegar al hotel. Se lo dijo a Máximo.

—Lo que pasa es que sufres un síndrome de clandestinidad.

—No. Lo digo en serio. Soy muy buena fisonomista.

—¿Crees que Paul nos está haciendo vigilar?

—No me extrañaría nada. Es muy propio de él. Y conoce a detectives, policías, inspectores, de todo. ¿No ves que ése es el ambiente de sus novelas?

—Y él tiene mentalidad de detective y tú de terrorista.

—¿Te molesta?

—Al contrario. Yo también la tengo. Lo único que me preocupa es que te preocupe a ti.

—No me preocupa. Incluso me excita. Me entran ganas de meterte mano, ¿Qué te parece si te la chupo en un portal?

—Bien. Convendría asegurarse de que gastan película lo bastante sensible.

Maica le pasó el brazo por la cintura, oprimiéndosela con fuerza, mientras adecuaba su andar al de Máximo. ¿Cómo iba a preocuparle si ahora, al volver al hotel, todos iban a aceptar la evidencia de que era su pareja?

Un estado de ánimo que persistió una vez en Madrid. Maica y Máximo se hablaban por teléfono no bien llegaba ella al estudio. Se mandaban faxes, almorzaban juntos la mayor parte de los días, volvían a verse por la tarde, por lo general en casa de Máximo. Y el hecho de que pudieran verles juntos había dejado de tener importancia.

Lo ilusorio era vivir con Pablo: una especie de obligación rutinaria que llegó a poder colocar entre paréntesis. Apenas se veían y prácticamente ni se hablaban. Tal vez por ese motivo le pilló tan de sorpresa la escena que le montó Pablo a su regreso de Cuenca.

La jornada en Cuenca había sido agradable. Había visto los cuadros que tenía que ver, y luego hubo un almuerzo en un restaurante del barrio antiguo, en la parte alta. Maica se hallaba de tan buen humor que, después, en lugar de volver al coche, se despidió de sus amigos y paseó sola montaña arriba; le apetecía pensar tranquilamente en Máximo. Hacía mucho calor y pudo contemplar la doblegada fronda de los chopos que serpeaba allá abajo, a uno y otro lado, siguiendo el curso de cada garganta, sin otra compañía que la de las chicharras.

Máximo estaba en Cáceres, de modo que no tenía ninguna prisa en volver. Y cuando volvió, ya en Madrid, se demoró en el estudio todo lo que pudo. No tenía ganas de cenar, ni mucho menos de andar por la casa cruzándose en silencio con Pablo.

Pero no era ése el panorama que la aguardaba. Lo comprendió nada más entrar, no bien advirtió el contraste entre el vestíbulo a oscuras y la explosión de luz que emanaba de la sala de estar.

Luego, el desvarío en los ojos de Pablo, al fondo de sus gafas, su frente sudorosa, la nariz brillante, sus movimientos rápidos y redondos, de pelota que rebota y rebota contra el suelo. Como brotadas de estos giros, se esparcían, se diría que por sí solas, fotos y más fotos que Maica reconoció instantáneamente, imágenes fijas de Máximo y de sí misma que se desplegaban sobre el sofá y sobre la alfombra, mientras él se le tiraba al cuello intentando cortarle la respiración.

No lo consiguió. Ella, en cambio, casi sin esfuerzo, consiguió que perdiera el equilibrio haciéndole oscilar sobre su pierna derecha. Se sacudió la mano que aún intentaba aferrarla de algún modo y salió del piso sin siquiera correr, ni mucho menos gritar.

O tal vez sí: de aquel silencio en el que todo había transcurrido, preñado de incoherencias atronadoras, le había parecido oír surgir la voz de Pablo, asombrosamente atiplada, llamándola putón verbenero. Y ella le había llamado hijo de puta antes de salir.

Tres

Sorprendía el silencioso movimiento callejero, la gente que deambulaba al relativo frescor de la noche, todo desenvolviéndose como imágenes televisivas a las que se les hubiera quitado el sonido. Una animación como amortiguada, voces que se diría apagadas, coches avanzando sin más ruido que el de una seda al rasgarse.

Maica se encaminó sin vacilar al coche y lo sacó del garaje; el motor estaba todavía caliente. Conducía con precisión algo automática, la mente en blanco o puesta tal vez en otra cosa. Pero era consciente de que estaba conduciendo y de que, pese a la sensación de tener la mente en blanco, no la tenía en blanco. La tenía, eso sí, dominada por una sola cuestión: preguntarse si todo aquello era real. ¿Lo era?

Divisó una terraza de bar especialmente acogedora y tranquila, y detuvo el coche ante las mesas; no tenía ni idea de cómo podía llamarse aquella calle. Pidió un café y se lo tomó con todo sosiego, sentada algo apartada de las luces, la cara en la penumbra. La cuestión no estaba en la realidad o falta de realidad de lo sucedido aquella noche: que Pablo hubiera intentado estrangularla. Lo verdaderamente incomprensible era el conjunto de la vida en común que habían llevado durante los últimos cuatro años. ¿Cómo era posible que se hubieran casado? ¿Por qué había aguantado ella tanto tiempo en su compañía si desde el principio no había hecho más que captar señales de alerta, signos de adversidad? ¿Cabía en lo posible que Pablo hubiera llegado a gustarle verdaderamente en algún momento o se trataba simplemente de que ella había sido víctima de una sugestión en ese sentido, una de las famosas elaboraciones propias de la personalidad fácilmente sugestionable que él no se cansaba de atribuirle?

En el terreno amoroso, Pablo era casi inconcebible: no le gustaba besar, ni abrazar, ni acariciar, ni ser acariciado; sólo correrse, y del modo más imperioso. La torpeza de sus caricias, sus uñas astilladas que olían a nicotina, su insistencia en que ella se diera crema para estar más suave, una obsesión que nunca llegó a entender en los términos por él expuestos. Porque no era difícil suponer que, sin atreverse a decirlo, más que en el cutis, estuviese pensando en las partes húmedas que, con él, sencillamente no estaban húmedas; que fueran esas partes las que, por extensión, quisiera ver suavizadas.

Durante un tiempo, muy al principio, pensó que a lo mejor era homosexual, y casi le resultó estimulante la posibilidad de conseguir que también le gustaran las mujeres. Pero lo cierto era que tampoco los hombres parecían atraerle; ni, de hecho, la relación sexual con otra persona. Se calentaba mentalmente y se corría. Lo suyo era la masturbación, y lo demás, un engorro. De ahí que, desde el comienzo, le obsesionara tanto la posibilidad de que ella pudiera acostarse con otro, y el temor le hacía ver indicios delatores y actos fallidos por todas partes, y un peligro potencial en todo hombre que ella conociera.

Lo incomprensible era que ella hubiera tardado tanto en darse cuenta. Mejor: no en darse cuenta, sino en sacar conclusiones. Que, de hecho, hubiera sido preciso que él intentara estrangularla aquella noche y que ella se hubiera venido hasta aquella terraza de bar de una calle cuyo nombre desconocía, para que terminara de atar todos los cabos. Pablo no era una bestia, un bruto, como algún chico que pudo conocer en el pasado. Pero tampoco era mejor que los demás, por lo general más instintivos; era peor.

Los camareros estaban recogiendo las mesas y apagando las luces. Volvió al coche y, sin habérselo propuesto deliberadamente, decidiendo más bien sobre la marcha, se dirigió hacia El Escorial. El cielo estaba claro y, al dejar Madrid, se llenó de estrellas. Apenas había tránsito a esas horas.

Al llegar a El Escorial estaba amaneciendo, pero sobre la sierra seguían brillando las estrellas. Maica pensó que nunca había visto algo parecido, el día y la noche al mismo tiempo. O, si lo había visto, no le había prestado atención.

La explanada del monasterio estaba desierta, y las calles se alargaban frondosas y vacías, sin un solo bar abierto. Salió a estirar las piernas para volver enseguida al coche. Se sentía mucho más serena.

Desayunó en la cafetería de una gasolinera, pensando en los pasos de orden práctico que debía dar a continuación. Condujo de nuevo hasta Madrid, bañada ya por el sol.

Buscó un teléfono público y llamó al parador en el que se alojaba Máximo, en Cáceres; Máximo ya había dejado el hotel. Cayó en la cuenta de que en toda la noche no había pensado en Máximo más que de un modo implícito. ¿Significaba eso que en realidad no le importaba? O, lo que era peor, que a lo mejor ahora él iba a empezar a pensar en dejarla? ¿Y si todo aquello no había sido más que una ilusión compartida?

Muy nerviosa, se dirigió apresuradamente al estudio. Había un fax de Máximo, mandado desde Cáceres: breve, cariñoso, con una combinación numérica a modo de despedida que, de puro remota en relación a su actual estado de ánimo, se sentía incapaz de descifrar. Pero, de golpe, volvió a sentirse tranquila, casi alegre.

Eran cerca de las nueve. El mejor momento para pasar por su casa: cuando llegara, Manoli ya estaría allí y Pablo aún no se habría despertado.

Encontró a Manoli en la cocina, tomándose un café.

—Huy —dijo—. Si pensé que ya había salido.

—Acabo de llegar. Ayúdeme a recoger mis cosas. Mi marido y yo nos hemos separado. Será mejor que le dejemos dormir.

—¿Separado?

Manoli la siguió atónita por la casa.

—De momento. Nos vamos a divorciar.

—¿Divorciar?

—Hable bajo, Manoli. ¿Por qué cree que es mejor que siga durmiendo? Anoche intentó estrangularme.

Le mostró el desorden de la sala de estar, la botella derribada, todo igual que horas antes. Sólo las fotos habían desaparecido.

—¿Y ahora qué pasará?

—Que voy a procurar que no me estrangule.

—Pero ¿y yo con quién voy?

—Con quien usted quiera, Manoli. Si quiere continuar conmigo, en otra casa, por mi parte encantada.

—Ésta me queda muy cerca del metro.

—Pues supongo que si prefiere seguir con él, tampoco habrá ningún problema. Probablemente ésta será la única cuestión en la que él y yo estamos de acuerdo.

—Pero es que ya no será lo mismo.

—Es que de eso se trata, Manoli.

—No, si ya sé. Pero una cosa es no llevarse bien y otra irse cada uno por su lado.

—Lo que quiero que sepa es que para usted eso no representará ningún problema.

Recogieron algo a bulto ropa y objetos personales del vestidor, el baño y su mesa de trabajo, en la biblioteca, sin acercarse siquiera al dormitorio. No pudo resistir la tentación, en cambio, de asomarse al cuarto de trabajo de Pablo: presidido por la pantalla ciega del ordenador, parecía la sala de mandos de un submarino. A un lado, colgaba un larguísimo fax enroscado en forma de interrogante.

Manoli le ayudó a llevarlo todo hasta el coche, aparcado en segunda fila, delante del portal.

—Usted le dice que vine y me llevé mis cosas —le dijo Maica al despedirse.

Descargó todo en el estudio y dejó el coche en un garaje próximo que conocía de vista: le dijeron que tenían plazas y alquiló una.

De vuelta al estudio, llamó a Eugenio, un amigo abogado especializado en divorcios. Mientras aguardaba que le pusieran con su secretaria, llegó Pilar, excusándose por el retraso. Maica la interrumpió:

—Si en algún momento en que yo no estoy se presenta Pablo, no le deje entrar —dijo apresuradamente, tapando el micrófono del teléfono con la mano.

La secretaria le dijo que Eugenio estaba en los juzgados; Maica le dejó su teléfono puntualizando que era para encargarle un caso.

Se llegó al banco en el que tenía la cuenta de la oficina e ingresó la totalidad del saldo existente en la cuenta personal, a la que también tenía acceso Pablo.

Al salir, vio que se iba a cruzar con el padre de Pablo y aceleró el paso, como si tuviera mucha prisa, mientras le dirigía un risueño saludo. El padre de Pablo le contestó con una sonrisa de oreja a oreja, las cejas enarcadas, los ojos brillantes.

Cuatro

Despertar junto a Máximo, encontrar su cuerpo al tender la mano, el milagro de cada mañana. Acariciar su pierna con el pie, deslizar los dedos vientre abajo, abrazar y ser abrazada. Notar cómo su sexo se endurecía y estiraba, enorme cuando ella le pasaba la lengua a todo lo largo de la arista.

Luego, en la ducha tarareaba la obertura de *Las Bodas de Fígaro.* Se descubrió haciéndolo días atrás, una mañana en la que él tuvo que salir apresuradamente, más temprano de lo habitual. No había ningún motivo para que tararease precisamente la obertura de *Las Bodas de Fígaro*, pero Maica pensó que hacía años que no cantaba en la ducha, y ahora lo hacía cada mañana para propiciar un buen día; le traía suerte.

Aquella mañana, ni ella ni Máximo tenían prisa, y desayunaron con calma en la cocina.

—De repente me parece imposible que tú y yo estemos así, desayunando juntos —dijo Maica.

—Yo me lo planteé como objetivo ya muy al principio: conseguir que fueras tú misma, que dejaras de vivir neutralizada por Paul. Aunque todo se redujera a eso, aunque no termináramos viviendo juntos.

—Oye, oye. ¿Y lo demás? ¿Y tú y yo? ¿Y la cama? ¿Una obra caritativa?

—No precisamente.

—¿Entonces?

—¿Cómo vas a separar una cosa de la otra? Es como lo del huevo y la gallina.

—La verdad es que nunca sospeché que un arquitecto con fama de ser tan serio como tú fuese, además, un maestro del ejercicio erótico.

—Precisamente. ¿Por qué te crees que soy un arquitecto tan serio? La arquitectura es la otra cosa que me interesa en la vida.

—Aunque algún día se nos pase, la verdad es que hay cosas que las recordaré siempre. Nunca encontré nada parecido. Ni creo que en el futuro, sin ti, pudiera encontrarlo.

—¿Y por qué se nos ha de pasar?

—Porque esos entusiasmos no duran más de tres meses. Vamos, eso dicen. ¿Por qué íbamos a ser una excepción? A mí, antes de ahora, nunca me han durado ni eso.

—Será que el otro te ha fallado. Supongo que, en la mayor parte de los casos, uno de los dos termina fallando. O los dos. Pero no tiene por qué ser así. Lo normal sería que todo mejorara.

—¿Quieres decir en la cama?

—Sobre todo en la cama.

—¿Cada vez mejor?

—Claro. ¿A ti no te va mejor que al principio?

—Sí, cada vez mejor.

—Pues ya casi llevamos tres meses. Lo normal

es eso. Que todo mejore. Que cada vez inventemos más cosas.

—No es eso, precisamente, lo que le pasa a la mayor parte de la gente que conozco. Al cabo de un tiempo, más bien es un fastidio.

—Será porque les interesan otras cosas. Pero eso no nos pasa ni a ti ni a mí.

—A ti, desde luego que no. Ni a mí. Pero eso es lo que me preocupa. ¿Por qué habría yo de tener tanta suerte?

—¿Y por qué no habrías de tenerla? —dijo Máximo al irse.

En el baño, mientras se arreglaba, Maica volvió a verse asaltada por el temor de que su perfecto entendimiento con Máximo no fuese más que un fenómeno de sugestión recíproca. Inmóvil, con el lápiz de ojos en alto, consideró su imagen reflejada en el espejo. No: aquel pensamiento era de origen supersticioso, una especie de conjuro para no perderlo; la realidad era que ya no podía imaginar la vida sin él. Siguió maquillándose. Pensó en la polla de Máximo cuando la alcanzaba con la mano. «Consigues que espabile antes que yo», había dicho Máximo. Maica buscó su bolso en los lugares donde era más lógico que lo hubiera dejado, canturreando *Las Bodas de Fígaro* en voz alta.

Pilar la recibió con la noticia de que Bea había telefoneado ya dos veces casi seguidas, dejando dicho que la llamara en cuanto llegase. No hubo ocasión de hacerlo: Maica se hallaba todavía revisando el resto de las llamadas, cuando telefoneó de nuevo.

—¿Eres amiga mía o ya no lo eres? —dijo Bea.

—Yo diría que sigo siéndolo. ¿A qué viene eso?

—¿Te he hecho entonces alguna putada sin darme cuenta?

—¿Pero qué te pasa? Más bien parece que la putada te la haya hecho yo.

—Y me la has hecho.

—¿Se puede saber cuál?

—¿No lo adivinas?

—Empiezo a intuirlo. Pero sería de gran ayuda y ahorraríamos tiempo si me dieras alguna pista.

—Lo de Gómez Hugarte. Soy la última en enterarme. Cuando me lo cuentan, tú ya te has escapado de casa. Sólo entonces me entero. Y por otros.

—Oye, que no es así como han ido las cosas. Yo no me he escapado de casa. O, si lo hice, fue porque Pablo intentó estrangularme.

—¿Estrangularte?

—Más o menos. Y antes de que pasara eso te llamé a Barcelona y tú estabas de viaje. Te llamé precisamente para contarte lo de Máximo; no era cuestión de contártelo por fax. Entonces no me convenía que se supiera, pero yo pensaba contártelo de todos modos porque eres mi amiga. Ahora ya no importa que se sepa.

—Ni entonces. Por lo que se ve, lo sabía todo el mundo.

—¿Qué quieres decir?

—Que lo sabía todo dios, tanto en Madrid como en Barcelona.

—¿Cómo lo sabes?

—La gorda.

—¿Qué gorda?

—La Paca. Paca Gordillo.

—Joder. Se lo dije sólo para cortar sus chismorreos. Y le dije que si contaba algo, la mataba. Fue por esas fechas cuando intenté llamarte.

—Pues no se ha cansado de pregonarlo. Yo lo sé por Mercedes Joan. Pero ya te digo que lo sabe todo quisque.

—No tenía ni idea.

—Puedes estar segura. Y, claro, le llega a tu ex y él busca la manera de estrangularte.

—No, el chismorreo aún hubiera tardado en llegarle más que a mí. Lo averiguó por sí mismo. ¿No ves que conoce a un montón de detectives? Lo que siento es que hayas creído que desconfiaba de ti. Tendré que compensarte de alguna manera.

—Me siento suficientemente compensada con tus explicaciones. Eso sí, tienes que hacerme una confesión: ¿es él tan bueno como dicen?

—Mejor.

—Pues lo que sí me debes es el informe. Te recuerdo que yo fui la primera en ponerte sobre la pista.

—Lo recuerdo. Y te invito a casa cuando vengas. Hay habitación de invitados. Será una forma de compensarte.

—Lo tendré en cuenta. Precisamente tengo que ir a Madrid más o menos pronto. Pero para volver en el día. Bueno, corto el rollo, que espero a un cliente. Te beso en los morros.

Maica, pensativa, contempló un montón de correspondencia, notas y faxes que Pilar había dejado sobre su mesa. Finalmente tomó el teléfono de Francisca Gordillo.

—Sí, Maica, qué quieres.

—Nada. Agradecerte tu discreción.

—Por qué. ¿Qué pasa?

—Que has contado a todo el mundo lo de Máximo. Te dije que te mataría.

—¿Yo? ¡Pero qué dices! ¿Quién te ha dicho semejante cosa?

—Todo el mundo. Lo sabe todo el mundo. Y yo no se lo había dicho a nadie más que a ti.

—¿Que se lo he contado a todo el mundo? ¡Nunca!

—Sabes perfectamente que sí.

—¡Pero si soy una tumba! ¡Qué mal me conoces, Maica!

Voz de lloros. Probablemente reales. Sin fingimientos. Maica podía imaginar su desolación, casi su escándalo, al verse tan injustamente acusada, según se iba creyendo todo lo que decía, los ojos llenos de lágrimas. Esperó a que hiciera una pausa.

—Eres tan chismosa como glotona —dijo entonces—. Si no te mato es porque ya es bastante que Pablo intentara matarme a mí por tu culpa.

Colgó. No era cierto que la culpa fuera de la gorda, pero así le sería más fácil recordar todo lo que le había dicho. Y cuando sonó el teléfono, le dijo a Pilar que, si era ella, le dijera que no podía ponerse. Era Francisca Gordillo y Pilar se lo dijo.

Un problema de gordura, pensó Maica. De haber renunciado a intentar dejar de ser gorda. De haber elegido el confort, la calma, la modorra de una digestión pesada, la libre disposición del retrete, la autosatisfacción sexual, sin hombres ni tampoco mujeres en el panorama, susceptibles de alterar la comodidad placentera de sus ritmos biológicos. Para relacionarse con el mundo le bastaba estar al tanto de los chismes. Por lo demás, que todo el mundo fuera dichoso. Y que esa dicha, eso sí, le diese mucho dinero, que todos compraran cuadros a fin de embellecer el marco ambiental de tanta dicha.

Pidió a Pilar que le preparase un café. ¿Por qué no le pasaría a ella como a otra gente a la que el café calmaba los nervios? Con todo, se sentía mucho mejor. De modo que buscó en el directorio el teléfono de Lola, la primera mujer de Pablo.

Aparentemente no sabía que Maica y Pablo se fueran a divorciar. No mostró sorpresa pero tampoco especial interés cuando Maica se lo dijo.

Ni especiales deseos de verla cuando Maica le propuso almorzar juntas cualquier día. Parecía cordial, pero distante y hasta reticente, por no decir recelosa. Dijo que se iba a Alemania por unos días, que, en todo caso, a la vuelta. Maica y ella apenas se conocían, pero a Maica le caía bien Lola y siempre había supuesto que el afecto era mutuo.

—Como ahora todo está en manos de los abogados, me gustaría verte para saber cómo reaccionó él en tu caso. Vamos, cómo fue todo.

—Si tu idea es establecer un paralelo, te aconsejaría por de pronto que te pusieras en guardia —dijo Lola—. Cuando nos separamos tras la agresión —también la hubo en mi caso— se encargó de contar a quien quisiera oírle que yo estaba sifilítica. Supongo que imaginaría que yo iba a empezar a ligar a diestro y siniestro —su voz sonó fatigada, tal vez agobiada por los recuerdos—. En fin, a mi regreso, si quieres, te pongo al corriente de todo.

Cinco

El piso en el que Maica había vivido los últimos cuatro años siempre lo consideró el piso de Pablo, en parte porque ya era suyo cuando se casaron y en parte porque nunca llegó a sentirlo como propio. Su personal reducto, desde el principio, había sido el estudio. No se trataba, sin embargo, de una cuestión de propiedad. El piso de Max, por ejemplo, en el que llevaba tan sólo unas pocas semanas, le resultaba mucho más familiar.

Echaba de menos, no obstante, algunas de sus cosas que, debido a las circunstancias, habían quedado en el piso de Pablo. Cosas que había cometido el error de dejar allí, de no llevarlas desde el comienzo al estudio, acaso en un vano intento de sentir aquella casa más suya. Y ahora le gustaría recuperarlas, antes de que Pablo las destruyera o hiciera vudú con ellas, si es que no lo había hecho ya. Conociéndole, estaba claro que lo mejor era llamarle directamente; que recurrir a los abogados sería sin duda contraproducente.

Más que muebles, de los que podía prescindir —su escritorio incluido— y de objetos a los que tenía un apego muy relativo, le importaban sus cosas, sus libros, sus papeles. Sobre todo, los cuadernos de cuando era universitaria, estudiante de

Bellas Artes. La época en la que estaba con Luis, al poco de llegar a Madrid.

Recordó una vez más, vívida como el primer día, la terrible escena: los cuerpos desnudos, tendidos de costado, la otra chupándosela y él abrazado a sus caderas, la cara hundida entre los muslos; su forma de alzar la cabeza al oír la voz de Maica, su boca entreabierta y húmeda. Aún le hacía daño recordarlo, por feliz que se sintiese ahora junto a Máximo. ¿Cómo pudo aceptar tan ingenuamente aquello de que la simple idea de pareja era una jaula, que tanto ella como Luis eran enteramente libres? Sin duda nunca consideró seriamente que esa libertad fuese a ser ejercitada ante sus propias narices. Sencillamente, no creía que pudiera ocurrir. Pero no le iba a suceder nunca más: eso, seguro.

Intentó imaginar la misma escena sólo que protagonizada por Máximo, con Máximo en el papel de Luis: a Máximo haciendo las cosas que hacía con ella sólo que con otra. Sintió como un calambre en la frente, en la punta de los dedos. Ya se encargaría ella de que eso no se hiciera realidad; a cualquier precio. ¿Tendría algo que ver con todo eso su necesidad de recuperar sus papeles de la época de Luis? Las cartas y las fotos ya no existían. Lo había destruido todo ya entonces.

Pablo se puso a la primera, como si hubiera estado esperando junto al teléfono, una casualidad que llenó de alivio a Maica, temiendo como temía tener que enfrentarse con sus explicaciones al contestador automático. Se esforzó en ser amable, convencerle de la conveniencia de arreglar directamente lo de sus cosas del modo más amistoso posible. Pablo también debió de esforzarse, inusitadamente comprensivo y suave. Demasiado suave, incluso. La experiencia había enseñado a Maica que, cuanto más encantador se mostraba, más había que desconfiar.

Quedaron en un bar de Recoletos. Maica no había hablado a Máximo de su proyecto de pedir directamente las cosas a Pablo para no preocuparle; pensó que si había elegido un bar de esa zona, era por la similitud del nombre con La Recoleta, la zona de Buenos Aires en la que se dirigió a Máximo por primera vez: a modo de invocación para sentirse más acompañada.

Llegó al filo de la hora en que habían quedado, segura de que Pablo la estaría esperando, cosa que prefería. La línea de comportamiento que se había trazado era la de ser todo lo seductora que pudiese, sin llegar a dar pie a que él pensara ni por un momento que andaba buscando la reconciliación. Pero al ver la expresión de su cara, frente sudorosa y crispación contenida, y sobre todo los ojos, unos ojos alertados bajo las gafas, como los de una rana presta a saltar, la cara entera como inflada, comprendió que le aguardaba una difícil prueba.

Las cosas se torcieron de inmediato, sin apenas cruzar palabra. Pablo sacó un nuevo montón de fotos mientras torpemente trataba de tranquilizarla para evitar que se levantara y se fuera. Eran fotos de Máximo y ella en la cama, al pelo; mejor dicho, en el futón de su estudio. Se sintió llena de ira al comprender que habían sido filmados sin advertirlo. Pero la ira, lejos de cegarla, contribuyó a serenarla, a permitirle contestar una por una, con la mayor frialdad, a las agresiones verbales de Pablo. Incluso a callarse, a morderse la lengua en ocasiones, a fin de no empeorar las cosas. Cuando él le dijo, por ejemplo, «si parece que te esté dando por el culo», y ella se contuvo para no decir: «¿Y qué te crees tú que estaba haciendo?».

Le hubiera costado reconstruir la secuencia exacta de sus respuestas según discurría abruptamente la conversación. Sabía, en líneas generales, que cuando él amenazó con divulgar las fotos, le había hecho ver que si quería hacer públicamente el ridículo proclamando su condición de marido engañado, era muy libre. Lo más hiriente que podía soltarle, desde luego; pero para entonces ya estaba persuadida de que por este camino, buscando aún el diálogo o, al menos, el mantenimiento de las buenas maneras, nada iba a conseguir. Así que se sacudió su mano de un tirón, se puso en pie, y le dejó plantado.

Más que irritada con Pablo, se sentía irritada consigo misma. Por haber tenido la idea de dirigirse a él directamente y no a través de los abogados. Por no habérselo consultado a Máximo. Por haberse dejado engañar una vez más, igual que tantas otras veces a lo largo de los últimos cuatro años. Y sobre todo, por haberse dejado llevar por el peor de los fatalismos y haber aguantado a su lado esos cuatro años.

Aquella entrevista en un bar de Recoletos había resucitado multitud de situaciones análogas vividas en el pasado y reavivado la infernal combinación de sentimientos de vergüenza, culpa, frustración y amargura tantas veces experimentada. Cuando cenaban fuera, sea en un restaurante, sea en casa de algún amigo. O cuando salían de copas. O cuando acudían juntos a algún cóctel, Pablo indefectiblemente acabaría atacando a las mujeres en general y a ella en particular: seres fácilmente grotescos o ridículos, fácilmente incapaces de comprender la realidad, fácilmente asustadizos, fácilmente —en definitiva— tontos; por adorable que fuese su apariencia. Más aún: tanto más adorables cuanto más tontos. Y buscaba aliados y hasta aliadas. Y empezaría con su retahíla de observaciones desagradables, que no haría sino intensificar cuando, con unas copas de más, se encontraran a solas.

Era preferible descartar, pensó Maica, la recuperación de sus muebles, sus objetos personales, sus libros, sus discos, como no fuera por vía judicial, a requerimiento de sus abogados. Pero aún había una posibilidad de recuperar sus cuadernos, sus papeles. En realidad, lo más importante para ella, el mejor testimonio de su pasado, de los años más felices de ese pasado, cuando se independizó de la familia y dejó Palencia. Y había un camino discreto y seguro de hacerse con todo ello: Manoli.

Sabía que con Manoli era mejor hablar cara a cara, así que Maica decidió esperar a que llegara la hora en que terminaba el trabajo y abordarla antes de que llegara a la boca del metro.

No hizo nada para que pareciera un encuentro casual, pero tampoco le hizo ver que la estaba esperando; simplemente la invitó a tomar una horchata en el bar más próximo. Manoli reaccionó con sorpresa, por no decir con susto, y sólo aceptó tras un momento de vacilación, como forzándose.

—¿Qué tal vamos, Manoli?

—Sin cambios apreciables, señora, como dice el hombre del tiempo.

—Me alegra verte. Precisamente quería pedirte un favor.

—Si está en mi mano...

El aire circunspecto que adoptó al contestar contribuyó a que Maica se sintiera aún más incómoda: intuía que algo no acababa de funcionar, en contra de lo que había previsto. Tal vez por esa razón no se explicó todo lo bien que hubiera querido, o no dio los rodeos necesarios, o no acertó a encontrar las palabras más apropiadas para que Manoli comprendiera exactamente lo que le estaba pidiendo.

—Son unas pocas libretas que están en el último estante del rincón, en el ángulo derecho. Unas diez o doce.

Manoli meneó la cabeza.

—No, señora. No puedo hacerlo.

—Pero, Manoli, es sólo para evitar que, si voy yo, se repita lo del otro día, cuando por poco me estrangula.

—Yo no sé lo que pasó el otro día, señora. Yo

no estaba allí. Pero yo no sacaré nada de la casa sin el permiso del señor.

—Si son mías, Manoli. Y no de ahora sino de antes de conocerle. De cuando era estudiante.

—Eso yo no puedo saberlo, señora. El señor es muy bueno conmigo y no voy a ser yo quien se porte mal con él.

—Lo que es mío es mío, y el juez ordenará que me sea entregado. Eso va a suceder en todo caso. Pero si tú me ayudaras, no tendría que pedírselo. A él no le perjudicabas y a mí me hacías un favor.

—Hacer algo a espaldas de alguien es portarse mal con él —dijo Manoli muy digna, levantándose—. Y ahora tengo que irme. He de preparar la cena a mi marido.

Maica comprendió que, a ojos de Manoli, ella era culpable, fuera cual fuese la acusación que se le hiciera.

VI

El séptimo sentido

Uno

—Pilar —dijo Maica—, si telefonea alguien, le dice que estoy reunida conmigo misma.

Necesitaba reflexionar, ser capaz de asimilar la situación en todos sus extremos si no quería que aquella sensación de estar siendo arrollada escapara a su control hasta convertirse, pura y simplemente, en pánico. La realidad, escuetamente enunciada, era que unos detectives se habían colado allí, en su estudio, y se habían puesto morados fotografiándoles a ella y a Máximo mientras hacían el amor en el futón, probablemente el pasado sábado. Eso quería decir que tenían copia de las llaves y que presumiblemente conocían ya el sitio, que habían estado más veces curioseando todo, escuchando y tal vez grabando las conversaciones. También quería decir que, tal y como ella había intuido incluso antes del viaje a Barcelona, estaban siendo estrechamente vigilados desde hacía ya tiempo.

Las medidas que había que tomar eran obvias: fundamentalmente, cambiar las cerraduras tanto del estudio como de la casa, aunque, si habían entrado precisamente en el estudio, era porque Pablo les había proporcionado una copia de la llave. Y estar al tanto de si eran seguidos, aunque, a estas alturas, carecía ya de importancia y lo más probable era que ni siquiera les vigilaran. ¿Para qué? Asegurarse, eso sí, de que no tenían intervenido ni el teléfono ni la correspondencia. Y de que no quedaba algún micrófono que permitiera escuchar sus conversaciones. Medidas, todas ellas, de un carácter defensivo de lo más elemental.

Maica, en cambio, tras irse con sus cosas más personales, se había limitado a poner el caso en manos de sus abogados confiando en que ellos resolvieran cuantos problemas fueran surgiendo. Y estaba claro que semejante planteamiento no era realista, que había multitud de aspectos, por lo general mucho más apremiantes, que escapaban a la rutina de una demanda de divorcio. Los pocos pasos que había dado en este sentido, las escasas iniciativas tomadas al margen de los abogados, habían sido un fracaso. No había conseguido ni que Manoli le trajera sus cuadernos de cuando era estudiante. Y hasta sus intentos de aproximación a Lola, cuyo éxito había dado por descontado, encontraron una respuesta de lo más cautelosa, como si Lola fuese algo reacia a darle su apoyo.

En cuanto a Máximo, la reacia a buscar un mayor apoyo era ella. No quería agobiarle. Ni que creyera que Maica padecía manía persecutoria. O que, sencillamente, pudiera pensar que se había metido en un buen lío. Si se encontraban en un lío, la culpa era de ella, no de Máximo, y era ella quien tenía que resolverlo.

Los recursos utilizados por Pablo, además, a ella no le servían de nada. Someterle a vigilancia, hacerle seguir, grabarle conversaciones, ¿de qué le servía a ella? Le tenía sin cuidado lo que él hiciera o dejara de hacer. Lo único de él que a ella le interesaba era saber lo que pensaba, lo que planeaba, y eso no había agencia de detectives capaz de averiguarlo.

Recordó, de pronto, lo furioso que Pablo se puso una vez en que ella utilizó su ordenador, convencido de que había estado hurgando en el archivo, leyendo sus cosas, y tuvo la intuición de que estaba a punto de dar en el blanco. Exactamente: el ordenador. Ella no tenía el menor interés en curiosear en sus novelas, contrariamente a lo que Pablo podía pensar. Pero Pablo no utilizaba el ordenador tan sólo para escribir novelas: Pablo utilizaba el ordenador para todo. Podía decirse que pensaba a través del ordenador, que clarificaba sus pensamientos al formularlos en la pantalla, al releerlos, al archivarlos. Entrar en su ordenador era como entrar en su cerebro. Sintió una súbita necesidad de levantarse, de moverse. Pero se tendió en el futón y meditó unos minutos mirando el techo. Luego volvió a la mesa y tomó el teléfono.

—Pilar, ponme con Ramos Puerto, el informático.

Mientras aguardaba, pensó lo que le iba a preguntar y en las explicaciones que podía darle. Convenía que fueran lo más próximas posible a la situación real, si no quería levantar sospechas.

—¿Pepe? Mire, unas cuantas preguntas. Como usted sabe, tengo un ordenador aquí, en el estudio, que es el que le compré a usted, y otro en casa, un pelín más antiguo pero casi idéntico. Lo que me interesa saber es si, desde aquí, puedo moverme por el de casa igual que si estuviera allí.

—Claro que puede. Siempre que el de su casa esté conectado y que usted utilice la clave de entrada.

—¿No puedo crear interferencia?

—¿Qué quiere decir?

—Hombre, si alguien va a utilizar el otro y de repente se da cuenta de que hay movimiento.

—¿No quiere que se enteren?

—El problema es que puede estar siendo utilizado por otras personas. La pregunta es: ¿se crean entonces interferencias?

—Vamos a ver, tú entras por el teléfono, como un fax. Y si entretanto llaman otros, se encontrarán con la línea ocupada, eso sí. De modo que lo mejor es que, antes de entrar, avises.

—No hablo de otros que quieran entrar, sino de la gente que pueda estar utilizando el de allí.

—Es que es lo mismo: se dará cuenta de que la línea está ocupada. Como con un fax.

—¿Y si entro a otra hora? Quiero decir, a una hora en que ya sé seguro que está libre.

—Entonces no hay problema.

—¿Se dejan señales?

—¿Temes que tu marido te la esté pegando vía internet?

—Creo que no me importaría, pero no es eso. Lo que pasa es que no quiero que piense que me entrometo en sus asuntos.

—Repartíos el uso. Tú a tal hora y él a tal otra.

Maica colgó distraída. ¿Le había dado siquiera las gracias al informático? Se había sentado ante el ordenador casi sin darse cuenta. Lo de las horas era esencial. Pablo dejaba siempre conectado el ordenador, pero la mejor hora para entrar era por la mañana, mientras él dormía, y a la hora de comer, cuando llegaban los primeros faxes de América. Ahora, por ejemplo, diez y diecinueve de la mañana. La clave era *Bárbara*, el nombre de una santa correspondiente al día en que él había nacido.

Experimentó un súbito sobresalto: tenía ante sí el archivo de Pablo y, por un momento, había tenido la impresión de que era ante la pantalla de su ordenador donde se hallaba sentada, que era en su cuarto de trabajo donde se encontraba, y que Pablo podía aparecer a su espalda en cualquier momento.

La ilusión podía haber sido forzada por la aparición ante sus narices de *Calendario Perpetuo*, una obra de carácter más o menos autobiográfico desarrollada conforme al patrón del año litúrgico. Es decir: agrupando los hechos de acuerdo con una estructura circular cíclica en la que el santoral diario se superponía a los tiempos litúrgicos y a las estaciones, con independencia de los años que pudieran separar a un acontecimiento reseñado de otro, infancia, madurez y adolescencia entremezcladas, experiencias agrupadas y yuxtapuestas. Una obra en la que trabajaba desde hacía años, de la que apenas hablaba, pero en la que, obviamente, pareció haber puesto todas sus esperanzas. «El tiempo es ilusorio —recordó que le había dicho al principio de conocerse, cuando aún hablaban de estas cosas—. Es como la aguja del reloj que gira una y otra vez sobre las doce horas. Y las doce horas son como los doce meses, pautas ilusorias. La realidad es lo que yace bajo esas pautas, inmutable».

Maica revisó los títulos que figuraban en el archivo, la mayor parte de ellos en clave numérica: correspondían a ideas sobre futuras novelas, a notas, apuntes, fragmentos. Una vez escritas, el número desaparecía en favor del titulo de la obra, pero no volvía a ser utilizado. De ahí que la mayor parte de los números —excepción hecha de alguno anterior, que por cualquier razón aún no había retomado— empezaban por 3. Siempre había dicho que quería escribir por lo menos tantas novelas como sinfonías había compuesto Mozart.

Echó un vistazo muy somero a la *papelera* y el *maletín:* no andaba sobrada de tiempo. Empezaba a ser arriesgado continuar, ya que Pablo podía despertar algo antes, pese a los somníferos. Buscó con prisas, casi al azar. Le llamó la atención una breve referencia a Manoli: «La opinión de la calle». ¿Qué quería decir eso? Alguna frase suya que le había hecho gracia, probablemente.

También bajo el epígrafe de *El Vals Brillante,* una corta disquisición sobre George Sand y Chopin. Pero no dejaba de ser una coincidencia que *El Vals Brillante* fuese el título de una escultura de Corberó.

Todo aquello tenía un valor muy relativo, pero tenía que volver otro día, con más tiempo por delante. El procedimiento funcionaba y estaba claro que, sobre todo en la *papelera*, había anotaciones que, si no otra cosa, le ayudarían a entender mejor a Pablo. Antes de interrumpir la exploración, volvió a *Calendario Perpetuo* y leyó las últimas anotaciones tomadas:

«Vuelve Sagitario. Y con la proximidad del signo, tu cumpleaños. Y con el aniversario, las preguntas de siempre: ¿son de naturaleza distinta la envidia y los celos?

»El agravio de la vida. La estafa de la que uno es víctima. ¿Qué ha de ser de un niño que se sabe predestinado a conseguirlo todo si se lo roban todo, a hacerse con cuanto de bueno hay en el mundo si se lo dan a otro? Una cosa tras otra. Todo.

»Un niño que pasó todas las pruebas, que pudo con todo. Con la madre que lo adoraba y a la que hizo sufrir cuanto pudo para que no dejara de hacerlo. Con un padre que le detestaba y al que él admiraba, logrando al fin acallarlo y hasta humillarlo por el procedimiento de llegar más lejos, más arriba; de lograr más fama y más fortuna de la que él nunca soñó en lograr.

»Y los demás. Otros más fuertes. O más brillantes. O con más éxito con las chicas. Pero él sabía que a la larga iba a poder con todos; que, uno por uno, quedarían todos a su espalda. ¿En qué campo no tuvo éxito?

»Ese niño había olvidado una sola cosa: la traición. Las mujeres se le revelaron versátiles y los hombres, esquinados. Y todo se le escatimaba. Una confabulación, se diría, para impedir que su dicha fuera completa. Cuando él hace su entrada, todos aplauden a otro. Y ese otro le suplanta.

»¿Por qué se le niega? ¿Por qué se le abandona? ¿Por qué se le olvida y relega? ¿A tanto llega la envidia ajena? ¿O los celos? ¿Qué estrella adversa regirá su destino?»

Dos

La llamada de Pablo no la engañó ni por un momento. Con todo y no saber a ciencia cierta cuál podía ser el móvil, qué propósito yacía bajo una oferta de diálogo, Maica estuvo convencida desde el principio de que nada iba a sacar en limpio de aquella entrevista.

Le pareció sorprendente, para empezar, que inicialmente le hubiera propuesto cenar en casa, encargar a Manoli que preparase algo rico. ¿La tomaba por tonta? ¿Los dos a solas de nuevo? Procuró que no se le notara que la sugerencia le daba miedo, aunque no dejó de tranquilizarla el que no insistiera, el que aceptara tan de inmediato lo del restaurante gallego, un sitio donde les conocían. Tal vez se había pasado de suspicaz con un hombre fundamentalmente impredecible. Pensó que, en el fondo, poca era la confianza que tenía, no ya en la posibilidad de enmendar la relación al margen de los abogados, de que al menos pudieran hablarse, sino incluso en intentarlo, en poner la más mínima esperanza en las manifestaciones que él pudiera hacer en ese sentido, cuando la simple devolución de sus cuadernos le parecía tan problemática.

Volvió a arreglárselas para llegar a la cita después que él, cuando él ya se hallaba esperándola;

por algún motivo difícil de precisar, le parecía preferible. Le aguardaba sentado, no frente a la mesa, sino algo de lado, junto a una botella de blanco. Iba trajeado y encorbatado, embutido en una chaqueta y una camisa que le iban algo justas. Las gafas y la calva parecían más redondas. Le sentaba mal el atuendo, mucho peor que los vaqueros y las camisas holgadas que llevaba habitualmente. Y resultaba estrafalario, por no decir grotesco, verle con semejante pinta levantándose en actitud galante.

Mientras tomaban asiento, Maica comprobó que Pablo no llevaba consigo los cuadernos: mal comienzo. Pero no le dio mayor importancia. Aunque sintomático, el dato no pasaba de ser un detalle. Y más fuerza que ese detalle tenía para ella el sentimiento de hostilidad —hostilidad más que simple extrañeza— que despertaba en su interior la imagen de aquel cuerpo reventón al que la ropa le iba justa. Le costaba creer que alguna vez hubieran yacido juntos. Recordó, casi con asombro, sus gestos, su físico, la expresión de avidez golosa de cuando se quitaba las gafas, la frente sudorosa, las mejillas flojas, los michelines flojos, y aquellos dedos de uñas amarillas y astilladas que apestaban a nicotina abriéndose paso entre sus muslos mientras él se deslizaba piernas abajo, como agazapado tras la calva, y seguía allí hasta perder el resuello. Un recurso que parecía considerar infalible.

Probablemente se había aseado con la mejor voluntad. Igual que ahora esmeraba al máximo sus modales. Pero el efecto era contraproducente y, de hecho, ella, por su parte, también reaccionó peor que la otra vez desde un comienzo. La sensación de malestar era ahora muy inmediata. Como si uno de esos asesinos que empiezan a disparar sobre los viandantes fuese, además, disfrazado de *clown*, añadiendo así una dimensión de terrible pesadilla a la brutalidad de los hechos.

Pidió una ración de pulpo a la gallega, que apenas probó. Sabía que Pablo, en cambio, iba a ponerse morado y que eso le induciría a beber aún más ansiosamente. Y mientras ella mantenía su vaso casi lleno, él no paraba de volver a llenar los dos no bien el suyo quedaba vacío. Mejor: así, fuera lo que fuese lo que se traía entre manos, saldría antes a la luz.

Y salió: con tal vehemencia, tan atropelladamente expuesto, que Maica llegó a sentirse confundida, a no estar segura de si realmente estaba oyendo lo que oía, a preguntarse si Pablo no la estaría haciendo objeto de una gran broma, si no estaría diciendo lo que decía para tomarle el pelo. Su apasionada propuesta de que se acostara con él aunque sólo fuera una vez más: ¿podía estar hablando en serio?

O peor aún, su oferta alternativa para la que necesitó acabarse apresuradamente el vino y pedir otra botella antes de formularla, como si le tranquilizara estar seguro de que no iba a quedarse sin repuestos: que fueran Máximo y ella quienes se acostaran en su presencia, tras haberlo encadenado como a un perro, tratándole en todo momento como a un perro. ¿Qué le haría suponer que semejante trato era propio de los perros?

Los reflejos de las luces en los cristales de las gafas de Pablo resultaban tranquilizadores comparados con el brillo de sus ojos saltones cuando se inclinaba hacia ella por encima de la mesa. Maica recordó el fajo de fotos sacadas en Barcelona que quiso forzarla a mirar antes de intentar estrangularla. Las fotos que había hecho sacar de Máximo y de ella en el futón, sin que se dieran cuenta; imaginó los comentarios de quienes habían instalado la cámara al revelar la película, las observaciones triunfales de Pablo al pretender, la última vez, que las miraran juntos. Le faltaban palabras, ahora, para afrontar la situación. Se levantó apartando la silla y, girando sobre sus talones, se alejó a buen paso.

A su espalda, el ruido de otra silla y la voz de Pablo, sus insultos persiguiéndola. Un restaurante al que ella no volvería, pero él probablemente tampoco.

¿Hubiera podido conciliar el sueño esa noche de no estar Máximo en casa? Maica, todavía exaltada, le contó lo sucedido, y Máximo la dejó hablar hasta que ella perdió toda concentración y toda noción del tiempo, tendida boca arriba, con una almohada bajo las nalgas, penetrada frontalmente, de forma alternativa, ora por la vagina, ora por el culo, sin que ella llegara siquiera a preguntarse en cuál de los dos puntos se hallaba cuando cayó finalmente abatido entre sus brazos. Ambos quedaron dormidos pero, a las dos o tres horas, Maica despertó y ya no pudo conciliar el sueño.

Al día siguiente, el recuerdo de la expresión de Pablo al decir lo que dijo la mantuvo inquieta. Ardía en deseos de saber si lo ocurrido había quedado reflejado en algún escrito. El lugar donde debía buscar era sin duda la *papelera:* y si se daba prisa, podía hacerlo con calma. Eran apenas las nueve y cuarto.

Al llegar al estudio dijo a Pilar que no estaba para nadie y se sentó ante el ordenador sin siquiera revisar ni la lista de llamadas ni la correspondencia.

Decepción total. En el *archivo* no había ningún epígrafe o título nuevo respecto al día anterior, sólo argumentos de novela que ya estaban la víspera; tampoco en la *papelera.* Únicamente al echar un vistazo en el *maletín*, que Pablo usaba más o menos de agenda, una nota de interés, aunque tan enigmática como breve: «Comida con Ramón y Manoli». Sólo eso.

¿Qué significaba aquello? ¿Se refería a una comida ya celebrada o a una comida por celebrar? ¿Qué razón había para invitarles? ¿Qué demonios estarían tramando? Reflexionó un rato sin encontrar explicación alguna. En realidad daba igual. ¿Qué importancia podía tener para ella?

Lo único, la aversión que le inspiraba Ramón. No ya por las quejas de Manoli, sino por su mera presencia física: un barrigón en paro que, a la que podía, se paseaba por la vida en calzón corto y camisa entreabierta, lamentándose de lo mucho que le maltrataba la vida. Seguramente adivinaba que Maica no le veía con simpatía y la aversión era mutua.

A Pablo, en cambio, le adoraba. Cuando pidió la baja en la empresa, alegando una enfermedad más o menos imaginaria, Pablo le había dado toda la razón. «Demasiados años lleva ya dejándose explotar», le había dicho. Y le ayudó a realizar unas gestiones que le permitieron cobrar una especie de indemnización. A partir de ese momento, la única explotada iba a ser Manoli.

La actitud difícil de entender, no obstante, era la de Manoli. Desde que la conocía, desde que Maica se casó con Pablo, Manoli no hacía sino quejarse de su marido. Que si Ramón era un bruto, que si Ramón era un vago, que si no estaba enfermo ni nada, que si de vez en cuando se animaba a hacer chapuzas a domicilio no era más que para sacarse el dinero que necesitaba para gastárselo en el bar. Pero aquel hombre que cuando Manoli llegaba de trabajar, si no estaba mirando la tele en camiseta, estaba bebiendo en el bar, y que, si bebía demasiado, al volver la arreaba si a ella se le ocurría chistar, se convertía, de repente, se diría, en una especie de niño enorme al que había que cuidar. Y las pocas veces que Maica se atrevió a dar su opinión, Manoli salió en su defensa, dispuesta a cerrar filas frente a cualquier descalificación externa.

Tal vez por ese motivo se había puesto ahora de parte de Pablo. Seguramente pensaba que quien se había portado mal era Maica, que su deber era cuidar de Pablo igual que ella cuidaba de Ramón. Incluso es posible que, invirtiendo el proceso mental que había llevado a Maica a ver en Ramón una caricatura de Pablo, Manoli viese en Pablo un Ramón sublimado. Un Ramón que la trataba con respeto, que no le pegaba, que aplaudía su sentido del humor, un hombre trabajador y callado, serio, triste, sabio, un hombre, en fin, maravilloso.

Maica comprendió hasta qué punto había estado equivocada. Manoli nunca se identificaría con ella. Manoli siempre respaldaría a ese Ramón perfeccionado que era Pablo.

Tres

Entrar en el ordenador de Pablo corría el riesgo de convertirse en una rutina. ¿Había encontrado algo que verdaderamente justificase el hacerlo? Anotaciones curiosas, pero que no afectaban a Maica más que muy indirectamente, que apenas si guardaban relación con ella. Cosas que, si le decían algo, era debido a la familiaridad creada por los años de convivencia.

Así, la aparición en el *archivo* de un nuevo núcleo argumental de novela designado con el número 38, sin que figurase previamente el número 37. Una aparente anomalía a la que no había que buscar otra explicación que el personal valor simbólico que para Pablo pudiera tener cada número.

En la *papelera*, el último escrito introducido parecía corresponder al borrador de alguna encuesta que le hubieran hecho. En su respuesta, Pablo establecía un paralelo entre los bajos índices de lectura y los elevadísimos índices de audiencia televisiva, hecho que hacía que ni la novela de mayor éxito pudiera competir con la telenovela más imbécil. Maica supuso que aquel escrito era la respuesta a alguna pregunta concreta porque nunca le había oído expresar sus preocupaciones en este sentido. O, si las tenía, nunca las había comentado.

La cuestión despertó su interés, y es probable que, por debajo de los niveles de la conciencia, siguiera dándole vueltas el resto de la mañana y durante la comida. Bea estaba en Madrid y Maica la había invitado a almorzar con Máximo y con ella en el restaurante de la hermana de Beti.

Maica se sentía llena de vitalidad, y tal vez el buen humor contribuyó a que la comida le resultara tan agradable. Bea parecía un poco cohibida al principio, ahora que por fin conocía a Máximo. Sin duda tenía muy presentes los comentarios que había hecho a Maica acerca de Máximo en vísperas del viaje a Buenos Aires, y seguramente imaginaba que Maica se los había repetido y que Máximo estaba al tanto de todo aunque no se diera por enterado. Pero, aunque silenciosa al principio, no tardó en expresarse con absoluta normalidad.

A los postres se les unieron Beti y Botella, que estaban comiendo en otra mesa. Hubo un acuerdo previo general en ni mencionar nada relacionado con las artes plásticas. Fue entonces cuando, hablando de la influencia de la tele, Maica puso como ejemplo el auge de las telenovelas. Era consciente de que estaba sacando a colación un tema que preocupaba a Pablo, y se creyó obligada a decirlo.

—Que escriba directamente telenovelas —dijo Bea.

—Tampoco veo que lo que escribe sea tan diferente —dijo Beti.

—Parece que empezó escribiendo otro tipo de novelas y que no encontraba editor —dijo Maica.

—Es que hay editores inteligentes.

—Y muchos otros novelistas no tienen ese problema.

—No se trata sólo de que la gente lea menos —dijo Máximo—. También pasa que la novela empieza a ser un instrumento inadecuado para expresar el mundo actual. Hoy, los chicos se relacionan más con la tele que con otra gente, como padres y profesores. Y con los amigos, hablan de las cosas que dan en la tele. Un tipo de relación que la novela no acierta a reflejar.

—Y si no se ven reflejados, pierden todo interés.

—Hay también un problema de concentración: cuanto menos se lee peor se lee.

—Les cuesta menos creerse lo que les entra por los ojos.

—No estés tan segura. La arquitectura les entra por los ojos y no se la creen. O les da igual, que es lo mismo.

—Hemos dicho que no hablaríamos de arte.

—No hablamos de arte, hablamos de comportamientos.

—La lástima es que, bien utilizada, la tele podría ser un inmejorable instrumento educativo.

—Eso es imposible.

—¿Por qué?

—Lo popular es lo otro.

—El ordenador lo arreglará todo, ya veréis. Obliga a utilizar las palabras, que es como decir que obliga a pensar.

—También se pueden pensar tonterías.

—Pablo dice que no sabría escribir sin ordenador.

—Oye, ¿pero a qué viene tanto Pablo? Que si Pablo esto, que si Pablo aquello. ¿Qué te ha dado?

Bea tenía razón, pensó Maica de regreso al estudio. Posiblemente había mencionado a Pablo porque estaba deseando volver a entrar en su ordenador, y la hora propicia se estaba terminando. Cuando llegara, serían casi las cinco, y Pablo podía haber acabado la siesta. Le hubiera gustado entrar aunque sólo fuera un momento, y releer el texto con el que se había tropezado aquella mañana. Creía recordar que, hacia el final, decía que lo que tradicionalmente se entendía por *caracteres* habían pasado de las grandes novelas a las telenovelas, sólo que convertidos en parodias de sí mismos. Y que a él, personalmente, le gustaría rescatarlos para el arte mayor. Maica no estaba segura del alcance de la frase; había algo en ella, por debajo del enunciado, que la inquietaba.

Pero Bea no sabía nada de todo eso, se dijo al encontrarse de nuevo en el estudio, y seguramente no había comprendido sus referencias a Pablo durante el almuerzo. ¿Pensaría tal vez que andaba dividida entre él y Máximo? Si mencionaba tanto a Pablo era porque constantemente pensaba en Máximo, y eso no resultaba fácil de explicar.

A veces le costaba creer que pudiera estar viviendo tan tranquilamente con Máximo, sin ninguna clase de traba, sin que nadie pudiera impedirlo. Y, por otro lado, tenía la impresión de que ella y Máximo llevaban viviendo juntos desde siempre. ¿Cómo era posible que hubieran tardado tanto tiempo en encontrarse? Aunque, de haberse encontrado antes, él no se hubiera fijado en ella, metido como andaba en alguna historia de amor. ¿Y ella? ¿Cómo era posible que no se hubiera fijado antes en Máximo, cuando lo que sobraban eran ocasiones para haberse conocido? La verdad era que se habían encontrado en un punto único, irrepetible, de sus vidas, fuera casualidad o predestinación. Le aterraba la simple idea de que esa difícil coincidencia no hubiera llegado a producirse. ¿Seguiría aún, llevada por una inexplicable inercia, viviendo con Pablo de no haber conocido a Máximo? Lo que a estas alturas le parecía inverosímil era haber podido aguantar tantos años junto a Pablo.

Y sin embargo, Pablo y Máximo tenían algo en común: la afinidad propia de lo diametralmente opuesto. La coincidencia de los contrarios. La similitud de las inversiones simétricas. El mundo, el arte, las libertades, el conocimiento, el sexo: les preocupaban las mismas cosas, pero ante cada una de ellas, la actitud de uno era casi siempre la negación de la del otro. Como el día y la noche.

En una sola cosa parecían coincidir ambos respecto a ella, sin que ni Máximo ni, por supuesto, Pablo lo supieran: la relativa incapacidad que veían en Maica de discernir lo principal de lo accesorio, la dificultad que le atribuían a la hora de establecer un orden de prioridades o prelaciones. Comprendía lo que querían decir, y a lo mejor tenían razón. Pero también cabía en lo posible que se equivocaran los dos. En lo esencial, estaba segura del principio que regía su sistema de prelaciones: Máximo. A partir de ahí, pero en función de él, venía todo lo demás.

Se enderezó en el asiento. Tenía ganas de besarle. Ahora mismo. Y de abrazarle y de que él la abrazara. También ahora mismo. Y de chuparle y comerle, y de que la comiera. Y de que la follara. Por los dos lados a la vez, ella de cuatro patas, con el culo para fuera, y él detrás, de pie junto a la cama. Quisiera hacer todo eso y lo que se les fuera ocurriendo. Lo antes posible.

Y, de momento, decírselo, mandarle un fax. Lo necesitaba. Tomó una hoja y empezó a escribir: a estas horas seguro que él estaba en el estudio.

Cuatro

Lo más probable era que se hubiera despertado ya inquieta por algún sueño que no recordaba. O tal vez era la simple idea de que Máximo estaba fuera y ella había quedado con Lola para almorzar, obviamente para hablar de Pablo. Y, si había tenido algún sueño que la desazonara, también se debía, con toda seguridad, a que la noche anterior se había dormido pensando en la cita del día siguiente.

El caso era que, al llegar al estudio, le pareció cruzarse con una cara que ya había visto al salir de casa. Igual no era la misma, pero Maica diría que sí, que no se trataba de un simple parecido.

¿Era imposible cruzarse dos veces con la misma persona, en sitios distintos y al poco rato en una ciudad como Madrid? Por supuesto que no. Si más de una vez le había pasado con amigos, ¿por qué no habría de pasarle con desconocidos? Sólo que Pablo la había hecho seguir hasta Barcelona, y había conseguido que alguien entrara en su estudio y les sacara fotos a ella y a Máximo en el futón sin que se dieran cuenta.

Entre la pura casualidad del doble encuentro y la persistente vigilancia a que había estado sometida, parecía más razonable inclinarse por la segunda explicación. Por más que, cuando ya no había incógnita que despejar ni nada nuevo que averiguar, y ambos estaban ya tramitando el divorcio, pendientes de comparecer ante el juez por hechos anteriores a la separación, a Maica se le escapaba la utilidad de semejante vigilancia.

Tampoco aquella mañana encontró nada nuevo en el *archivo* de Pablo —los argumentos de siempre— ni en la *papelera.* Fue de nuevo en el *maletín* donde, a modo de recordatorio, llamó su atención una escueta nota:

«Balas para la pistola».

Maica se sintió recorrida por una sensación de alarma. Las preguntas sin respuesta se le agolparon atropelladamente. ¿Se trataba de una Browning, una pistola idéntica a la que le había regalado años atrás? ¿Por qué no tenía balas? Y si las tenía, ¿para qué las necesitaba ahora?

Otra explicación sería que, al escribir «la pistola», se estuviera refiriendo en realidad al revólver. Un revólver al que llamaba «la pistola del abuelo», una especie de reliquia familiar de la que siempre se hablaba con gran reverencia, quién sabe si debido a que esa pistola era lo único que el abuelo había legado a sus descendientes. Fue, al parecer, un viejo cacique de pueblo que en sus últimos años vivió en función de un designio imperioso: enseñar a sus hijos lo que es la vida nombrando a la Iglesia heredera universal de sus bienes. El padre de Pablo tuvo que partir casi de cero para salir adelante, una prueba que salvó con éxito, gracias en parte a los voluntarios sacrificios de la esposa y, en parte, a los forzados sacrificios de los hijos. ¿Sería ésa la pistola?

Llegó a la cita con Lola con el corazón encogido. Por su gusto, la hubiera cancelado o aplazado; no se veía con ánimos. O tal vez no estaba de humor. Pero era ella precisamente, la que había insistido, a fin de vencer la resistencia que, a todas luces, también suscitaba en Lola la perspectiva de verse con Maica para hablar de Pablo.

Hacía tiempo que no se veían: Maica la encontró hecha una señora mayor. No propiamente envejecida, sino, más bien, asentada, con más empaque en los gestos, en el peinado.

«Nunca debió haberse dado ese reflejo rubio», pensó Maica mientras tomaban asiento frente por frente. Al verla, verdaderamente costaba creer todas las historias de carácter sexual que a veces le atribuía Pablo. Claro que, a ojos de terceros, acaso tampoco ella era fácil de imaginar en brazos de Máximo. ¿Por qué en cambio Máximo sí era fácil de imaginar entregado a cualquier proeza sexual?

La disposición de Lola parecía seguir siendo restrictiva, reticente a abrirse, a ofrecer cualquier muestra de complicidad, casi que de afecto. Como una profesional o una funcionaria que atiende una consulta. Una actitud que, en parte, podía deberse a que la entrevista no le traía más que recuerdos desagradables. Y en parte, por qué no, debido a que no se identificaba con Maica, a que, por algún motivo, la juzgaba mal. De cualquier modo, estaba claro que no quería dejarse mezclar en el asunto. Estaba a disgusto allí sentada, frente a Maica.

Hasta los platos del menú que eligió lo ponían de manifiesto: espárragos y lenguado a la plancha. Y, para beber, una cerveza. Maica pensó que, en lo de la cerveza, se había excedido; le pegaba más pedir agua mineral sin gas. Aunque, a lo mejor, lo que pasaba era que Maica nunca la había imaginado bebiendo cerveza. Por más que tampoco tenía motivos para imaginar una cosa u otra. Lo cierto es que ella y Lola nunca habían hablado como ahora se disponían a hacer.

Maica comprendió que, o empezaba a hablar ella, o terminarían contándose películas. Así que describió lo que, en líneas generales, había sido un día cualquiera de sus años de convivencia con Pablo. Los desayunos en la cocina, confiando en que, pese a los somníferos, no se despertase antes de media mañana. El trabajo como fuga hacia delante. Los almuerzos, en lo posible, fuera de casa. El regreso, lo más tarde posible, a fin de retrasar al máximo la eventual agarrada nocturna. Y los celos, sus iras por lo muy solicitada que veía a Maica, o por lo escasamente solicitado que se veía a sí mismo. Y los agravios de los que se sentía objeto, especialmente cuando salían de casa, cosa que fueron haciendo cada vez con menor frecuencia. No le pareció oportuno hacer referencias a sus relaciones sexuales. Sí, en cambio, al intento de estrangulamiento que provocó su huida de casa.

Lola la dejó hablar, mientras limpiaba con esmero su lenguado.

—Me estás contando mi propia vida —dijo de pronto, sin levantar la vista del plato.

Bastaba oír el tono de su voz para comprender que su actitud había cambiado.

—Podrías haberme puesto sobre aviso.

—¿Lo dices en serio?

—Lo digo en broma.

—Me lo parecía. Pero imagínate que lo hago. ¿Me lo habrías agradecido?

—Claro que sí. Lo que pasa es que, llegado el caso, no lo haces; ni tú ni yo, ni nadie.

—Es que no te creen. Tú no me hubieras creído. ¿A quién hubieras hecho más caso, a él o a una ex mujer a la que ponía de vuelta y media?

—Sí, te entiendo. Pero una frase bien dicha puede ayudar a que abras los ojos al primer síntoma.

—Al primero, no antes. Y si algo tiene Pablo hasta que le conoces mejor es una buena capacidad de persuasión.

—Y hasta después. No aguantas más las tensiones y aún se las arregla para convencerte de que la culpa es tuya.

—Desde luego. Yo tuve que inventar un montón de cosas para lograr que la relación terminara por romperse.

—¿Inventar?

—Qué remedio. Seguro que te habrá contado un montón de cosas que él cree que son ciertas, pero que no son ciertas.

—Pero ¿por qué?

—Para llegar a un punto de ruptura.

—¿Cómo?

—Humillándole. Era el único modo. Enfrentarle a cosas que no pudiera soportar.

—Ya. Yo también he recurrido a eso: herirle en lo más profundo de su amor propio.

—Pues ándate con ojo. Una vez estuvo a punto de estrangularme igual que a ti. Pero sé que planeó matarnos a los dos. Después de lo de Aceves. Le conocerás, ¿no?

—¿Aceves? Me suena.

—Es un poeta bastante malo que se gana la vida como periodista. Y va y le dice: «¡Bienvenido al club de los cornúpetas!». O de los nobles astados. O algo así. Se ve que a Pablo le dio una especie de ataque.

—¿Y quiso mataros?

—No por lo de Aceves, claro. Pero coincidió con eso. No son figuraciones. Lo comprobamos.

—Vaya. Peor que el padre. O que el abuelo.

—Que los dos juntos, diría yo.

—¿Y se le fue pasando?

—Con el tiempo. Pero ¿por qué te crees que nos fuimos a vivir a Estados Unidos? Desaparecimos por un tiempo sin dejar rastro. Y apareciste tú.

Cinco

Maica estaba dispuesta a defenderse, pero ¿de qué clase de ataque? ¿Cuál era la amenaza?

Por un lado esa intuición de peligro, creciente, obsesiva en la medida en que difusa. Por otro, una realidad cotidiana sobre la que parecía imposible que pudiera cernirse peligro alguno. ¿Por qué habría de peligrar? ¿Qué mal había en lo que iba bien?

Máximo le había dicho que una relación como la existente entre ellos no tenía por qué estropearse, que, muy al contrario, podía mejorar. Y, sin duda alguna, así había sido desde que comenzó su vida en común. Pese a que ella la había iniciado con cierto temor a la convivencia diaria, al desgaste que puede resultar del roce de dos hábitos de vida, de dos modos de comportarse a lo largo del día y de la noche, problemas que con Pablo habían empezado en el cuarto de baño.

Un temor que parecía respaldado por esa sabiduría popular que, a partir de la experiencia, acuña el lugar común. Frases como *la convivencia erosiona* y *el amor pasa*. Sentencias a las que se daba incluso plazos máximos de cumplimiento, semanas, un mes, tres meses. Junto a Máximo, esos plazos habían vencido y, tal y como él había dicho, la relación entre ambos no había hecho más que mejorar.

Más de una vez Maica había pensado que su iniciación amorosa con Luis en realidad había sido nefasta. Le había hecho creer que toda relación amorosa era así de fácil. Y el problema no era que con Luis hubiera terminado como terminó, con aquella terrible imagen de los dos cuerpos desnudos; el problema era que, desde entonces, no había logrado tener ninguna relación que pudiera compararse con la que mantuvo con Luis. Salvo ahora.

Recordó un fax de Máximo, tal vez el más decisivo; la frase aquella que le hizo perder el aliento: *si me dejas, te haré feliz en la cama y en la vida*, le había escrito. Perdió el aliento al leer lo de *si me dejas*, aterrada ante la idea de que, por algún motivo, Máximo hubiera podido llegar a la conclusión de que ella pensaba dejarle. Y volvió a perderlo al leer la frase completa: *en la cama y en la vida.*

Había cumplido su promesa. Hasta extremos que ella nunca hubiera podido imaginar. O que hubiera creído posibles respecto a otros, no respecto a ella. Como si una fuerza ciega se mantuviese alerta sólo para impedir que también respecto a ella cobraran realidad algún día.

En ocasiones había intentado encontrar pegas a su relación con Máximo, áreas prohibidas, reservas o fisuras que justificaran por su parte considerarla con reparos. Sin éxito. Al contrario: lo que le parecía sorprendente era que Máximo no hubiera formado desde siempre parte de su vida.

Con Pablo, en cambio, a diferencia de lo que sucedía ahora, siempre había prevalecido la impresión de hallarse representando un papel. En el mismo sentido en que un catalán o un vasco o un gallego pueden hacerlo en determinadas circunstancias: ejercer como tales sin siquiera darse cuenta. O como Pepe hermano, que ejercía de palentino fino a la primera oportunidad.

En su vida diaria junto a Pablo —ahora se daba cuenta— se sentía como obligada a identificarse con un personaje, condenada a interpretar un papel al que era ajena y que en el fondo no se creía: mujer profesionalmente independiente, casada con un escritor de éxito. Una pareja moderna, progresista y libre, en la que cada uno se movía en el medio que le era propio, literario en un caso, artístico en el otro. Ámbitos que se tocan y entrecruzan de forma enriquecedora, de modo que ser escritor en un ambiente artístico es siempre motivo de prestigio y viceversa. Un equilibrio de intereses que, a ojos de una mentalidad calculadora, no podía ser más que el producto de una elaborada estrategia. Pura ficción. Nada que ver con la realidad ni en el terreno familiar ni en el social. Ningún parecido con esa vida llena de sugerencias intelectuales, ya que no sexuales, que con toda probabilidad les atribuía la gente.

Se recordó a sí misma en aquel futón, en sus comienzos con Máximo, arrodillada contra el respaldo, los pechos aplastados, las piernas muy abiertas, notando las embestidas como golpes de ola, los cuerpos de ambos como chapoteando.

Ahora sabes, le había dicho después Máximo, cuando yacían entrelazados con indolencia. Y Maica comprendió perfectamente a qué se refería. Aquella anulación del tiempo. Aquella fusión de los cuerpos. Aquel licuarse.

Contempló el futón impecablemente dispuesto. El cojín azul que disimulaba la mancha. ¿Habría reparado en ella la mujer de la limpieza? Pilar desde luego que no; no ya por miope, sino porque seguramente era lo último que podía figurarse. En cualquier caso, no pensaba quitarla.

Se sentó ante el ordenador con cierta desgana, lamentando tener que abandonar el hilo de sus pensamientos. Pero no podía perder ni un minuto más si simplemente quería echar el vistazo de cada mañana.

En la *papelera*, como estaba segura que iba a suceder, nada nuevo. Tal vez precisamente por eso, por aprovechar de algún modo el tiempo de que disponía, se decidió a curiosear en el *archivo*. Le llamó la atención la última de las anotaciones, lo que parecía ser un mero epígrafe o tal vez el título de un argumento sin numerar, ya que no iba seguida de texto alguno. Tan sólo dos palabras: «Arte Mayor». Pero ¿no había leído recientemente algún fragmento en el que se hacía referencia precisamente a esas dos palabras, Arte Mayor?

Pasó al argumento número 38. Se tropezó con un diálogo, aparentemente la última porción de texto incorporada. No bien empezó a leer, tuvo la impresión de haber entrado en un sueño:

«—Soy yo.

»—Ya te he conocido. ¿Qué quieres?
»—¿Tienes un minuto?
»—Un minuto, sí.
»—No es lo que te imaginas. Sé que te debo una explicación. Sólo quiero que me escuches.
»—Te escucho.
»—Y que no cuelgues.
»—¿Cuándo te he colgado?
»—No digo que lo hayas hecho. Simplemente quiero que me dejes hablar sin interpretar mal mis palabras.
»—Ya te he dicho que te escucho.
»—Es que, después de lo del otro día, podías interpretarme mal.
»—Lo del otro día no tiene más que una interpretación.
»—Por eso te lo digo. Ya sé que me porté mal y no quiero que ahora creas que va a suceder lo mismo.
»—¿Quieres que volvamos a vernos?
»—Exactamente. Esta vez los tres.
»—¿Los tres?
»—No cuelgues, por favor. No tiene nada que ver con lo del otro día, aquello de esposarme a los pies de la cama y acostaros en mis narices. Una ocurrencia disparatada. Yo soy el primero en reconocerlo.
»—Entonces, ¿por qué los tres?
»—Te explico. Quiero que en el futuro, si nos encontramos por la calle, podamos mirarnos a la cara. Sólo eso.
»—Supongo que basta con que nos lo propongamos.

»—Para mí no basta. Por eso quiero veros. Necesito disculparme ante los dos.

»—Es suficiente que te comportes con normalidad y que, para empezar, me dejes recoger mis cosas.

»—Eso no es problema. Dalas por recogidas.

»—Pues con eso basta, te lo aseguro.

»—No basta. También tengo que verle a él. Y que él me vea. Que se dé cuenta de que yo no soy un vulgar marido cornudo.

»—En ningún momento le movió el impulso invencible de hacer de ti un marido cornudo, eso también te lo aseguro.

»—Tus ironías no me ofenden. Te he querido demasiado. Y tal vez te siga queriendo. Pero necesito veros.

»—Bien. Nos veremos siempre que no repitas que tal vez me sigues queriendo. ¿Dónde?

»—Donde queráis. En casa, por ejemplo. En vuestra casa, quiero decir.

»—¿Por qué no en un bar?

»—Por mí, vale. Pero, ya sabes, siempre hay gente que escucha.

»—Bien. Pues en casa.»

VII

Arte Mayor

Uno

A las siete ya estaba en el estudio. Pilar no llegaría hasta las nueve, la misma hora en que Manoli llegaría a casa de Pablo. Pero lo importante no era eso, aunque tal sosiego tanto en un lado como en el otro, no dejaba de tener un efecto relajante. Lo verdaderamente importante para Maica era que, sabiendo a Pablo empastillado, sumido en lo más profundo de los sueños, tenía ante sí un margen de tres o cuatro horas para escudriñar a placer hasta el último rincón del ordenador. Y necesitaba ese margen. Hasta el descubrimiento de la víspera, Maica había actuado como si estuviera enfrentada a una persona más o menos difícil, más o menos peligrosa. Pero ahora sabía que, más que con una persona, se estaba enfrentando con una fuerza ciega que, según todos los indicios, amenazaba con abatirse sobre ella.

Había cometido también otro error, más perdonable en la medida en que se refería a una cuestión en cierta manera impensable: tantas cuantas veces se había introducido en el ordenador de Pablo, se había centrado casi exclusivamente en su *maletín*, que hacía servir de agenda, y en la *papelera*, donde guardaba más o menos provisionalmente escritos muy diversos más relacionados con su vida cotidiana que con su profesión. Y donde estaba lo que a ella le interesaba no era en la *papelera* ni en el *maletín*. La verdadera cueva del dragón se encontraba en el *archivo* y, más concretamente, en el argumento que llevaba el número 38.

Inevitable recordar el paralelo que Pablo establecía entre sus novelas y las sinfonías de Mozart. Una relación en principio de carácter intelectual, fundamentada, ora en la raíz de la inspiración, ora en la similitud de tono, común a unas y otras, que en definitiva respondía a una oscura carga supersticiosa. Así, *Calendario Perpetuo*, esa obra a caballo entre la creación y la autobiografía, en la que llevaba trabajando varios años con la esperanza de que le redimiera de su condición de mero autor de éxito, admirado por el gran público pero ignorado por la crítica, correspondería a la número 41, la *Júpiter*. Una sinfonía que por su amplitud englobaba a todas las otras, a la vez que, por su contundencia, resultaba poco menos que insuperable, culminación a la vez que síntesis. Y había dado a entender, con su confuso humor autolesivo que hacía difícil comprender si hablaba en serio o en broma, que tal vez sería su última obra, que tal vez tras publicar *Calendario Perpetuo*, su talismán contra el desdén de la crítica, contra una elevada consideración popular desligada del reconocimiento artístico, bien podía, lisa y llanamente, dejar de escribir.

¿Cuál iba a ser entonces, de acuerdo con los planteamientos de Pablo, el sentido del argumento número 38 al que pertenecía el diálogo que Maica había leído la víspera, réplica evidente de un diálogo telefónico sostenido por ella con el propio Pablo? No había otro remedio que tener en cuenta que, para Pablo, la Sinfonía en Re Mayor número 38 era la más dramática. Un drama de tal naturaleza que sólo podía ser expresado de una manera: asumiéndolo en su necesidad como hacía Mozart. Dando cumplimiento a los presagios.

El hecho de que faltaran los argumentos que le antecedían, el 36 y el 37, no hacía sino acentuar la urgencia con que se le había impuesto de pronto el número 38. Es decir: que si el 41 significaba para él la plenitud, la armonía de contrarios, y llevaba años trabajando en él, la súbita aparición del 38 suponía la imperiosa presión de un conflicto dramático que pugnaba por desarrollarse con la máxima urgencia.

No era una simple impresión subjetiva suscitada por el hecho de reconocer palabras suyas recogidas en un diálogo escrito. O no era sólo eso lo que creaba en Maica una sensación de amenaza. Era, no cabía duda, la intención que guiaba al autor de ese diálogo y, en última instancia, su talento literario. Lo que en la realidad, hablando con Pablo, con todo y ser consciente de que se hallaban enfrentados, no pasaba de ser una conversación de pareja mal avenida, considerada por escrito, fuera de todo contexto, se convertía en una prolongada amenaza latente. Un efecto que coincidía plenamente, a todas luces, con el propósito de quien lo había redactado.

El hecho de que además, en algún otro episodio —al menos en dos o tres ocasiones—, apareciese directamente el nombre de Maica, esto es, que *ella* fuese Maica, era hasta cierto punto secundario. La inquietud sembrada por el texto en sí tenía más alcance que el hecho de que Pablo, por pura comodidad, o si se quiere, por un lapsus, la llamara por su nombre real.

Sobre todo si, dejando de lado el llamativo verismo de los diálogos, se centraba la atención en las diversas anotaciones de carácter argumental, que, por parciales y fragmentarias que fueran, cabía disponer como si de piezas de un puzzle se tratase. Aunque de importancia y carácter muy diferentes, simples cuestiones de detalle en algunos casos y observaciones de índole formal en otros, no resultaba difícil, gracias precisamente a los elementos repetitivos y redundantes que contenían, integrarlos en un todo estructurado que recompusiera el núcleo central.

Maica se hizo con un bolígrafo que escribiera y, utilizando simultáneamente varias hojas de papel, empezó a ordenar nombres, hechos, situaciones y palabras-clave, y a relacionarlos unos con otros. En menos de una hora terminó de extractar y ordenar, y antes de otra media se había hecho con el esquema general del argumento 38. La pasión con que se había aplicado a la tarea había contribuido por otra parte a sosegarla y ahora era capaz de releer el resultado de su trabajo como si de un ejercicio literario totalmente ajeno a ella se tratase.

El esquema resultante era el siguiente: un hombre decide vengarse de su ex mujer y del hombre con el que ahora vive. Más que a considerar todas las posibilidades de realizar su designio, prefiere atenerse a perfeccionar y redondear los detalles de un plan que, si bien de forma algo errática y aleatoria, pareció imponérsele por sí mismo, desde el principio, como a resultas de un momento de especial inspiración. Se trata, en esencia, de que el asesinato —la única forma de venganza contemplada—, una vez cometido, quede impune. De ahí que, descartada la simulación de accidente o la atribución del crimen a terceros, ya que, en cualquier caso, el principal sospechoso iba a ser él, el plan se basa en el pleno reconocimiento de la autoría y el recurso a la enajenación mental transitoria. El autor de los hechos será el marido, pero las circunstancias en que esos hechos se desarrollen se encargarán de eximirle de toda responsabilidad. Se subraya la satisfacción que además depara el no tener que recurrir a maniobra de ocultación alguna.

El resumen abundaba en puntos oscuros, pero Maica pensó que el hecho de que la clave aclaratoria no figurase en el ordenador no significaba que Pablo no los tuviera claros; era su misma obviedad, posiblemente, lo que hacía innecesario que fueran transcritos. El hecho de que el lugar elegido fuese la casa de sus víctimas y el arma, una pistola, por ejemplo. ¿Cómo compaginar la enajenación mental transitoria con el hecho de plantarse en la casa de sus víctimas con un arma? Alguna idea mejor tenía que tener. Aunque también era posible que la escena simplemente no estuviese aún escrita.

Resultaba de lo más revelador, en cambio, la importancia que otorgaba al hecho de contar con lo que denominaba una «coartada irrebatible», aunque no aclarase su naturaleza. Y junto a esa coartada, el testimonio clave de diversas personas, Manoli y Ramón entre ellas, a las que citaba por su nombre. También a su padre, así como a Leonor, su hermana, pese a vivir en Valencia. No daba indicaciones relativas a esos testimonios. Particularmente interesantes en el caso de Leonor. ¿Tenía él previsto ir a Valencia? ¿Vendría ella a Madrid? ¿Se limitarían a hablar por teléfono o a escribirse?

No entendía las referencias a Vaseline Care. ¿Qué significaba eso? ¿Qué valor podía tener como prueba si es que realmente era una prueba? Recordó la crema que se había comprado en una perfumería de algún aeropuerto a fin de suavizar un zapato que le hacía daño. ¿Qué valor probatorio cabía atribuir a un tubito como aquél? Si no recordaba mal, debía de haberse quedado en Buenos Aires.

La llegada de Pilar la pilló por sorpresa, de puro absorta. Aunque Pilar no hizo preguntas, Maica prefirió explicarle que tenía que preparar un artículo, y evitar así que Pilar tomase su temprana llegada al estudio como un reproche implícito a su falta de eficiencia. También le pidió que le preparase un café, con lo que el desconcierto de Pilar desapareció por completo.

Mientras se tomaba el café a pequeños sorbos, volvió al ordenador. Y, sea por matar el tiempo, sea por rutina o por un golpe de intuición, el caso es que se le ocurrió entrar en *Arte Mayor*, el apartado más reciente del *archivo*. No lamentó haberlo hecho. *Arte Mayor* había dejado de ser un simple epígrafe:

«Cuando todo parece contribuir a que un crimen sea cometido impunemente, la diferencia entre desearlo y perpetrarlo termina por esfumarse.»

¿Anotación, fragmento o reflexión general relativa al tema? Maica siguió leyendo:

«Descubrir que la bondad de Dios y la maldad del Demonio se aproximan en la práctica hasta superponerse y confundirse. De quien habrá que desconfiar a partir de entonces no será del Demonio, sino de Dios».

Y aún:

«La obra más grande: lo que supone el tránsito de lo narrado a lo acometido».

Dos

Máximo apagó el despertador no bien empezó a sonar, pero Maica hubiera preferido seguir durmiendo y, de hecho, hizo como que seguía durmiendo. Tenía la mente totalmente despejada, como si una insólita luz le permitiera disfrutar de la visión global de cuanto le deparaba el día. Por eso tuvo claro desde que despertó que Máximo se iba a Barcelona; la perspectiva de quedarse sola en la casa vacía le resultaba poco grata. Al oírle abandonar la habitación, se incorporó.

—Un beso —dijo.

Máximo le mandó un beso desde la puerta.

Maica remoloneó un rato más en la cama intentando identificar la causa de su desasosiego. Al conseguirlo, se levantó: le desazonaba saber que estaba ocultando algo a Máximo, aunque fuera por el bien de ambos.

El espejo del baño aún estaba empañado de vaho caliente. Le molestaba no verse y dejó la puerta entreabierta para que circulara el aire. Olfateó la toalla de baño de Máximo que colgaba húmeda junto a la suya; le gustaba aquel olor.

Se duchó tarareando *Las Bodas de Fígaro*, pero con el pensamiento puesto en el factor irritativo que acababa de localizar: las dificultades que se buscaba al no hablar a Máximo de su descubrimiento, la novela que Pablo estaba escribiendo. ¿Cómo hubiera reaccionado al saber que tanto ella como él acababan impunemente asesinados? Seguro que se echaba a reír. Pero que tomaba buena nota, aunque no se lo dijera. Y eso le hacía pensar que había hecho bien no diciéndoselo. Por lo mismo que había hecho bien, cuando Pablo intentó estrangularla, no denunciándolo a la policía; a ella le daba igual, pero seguro que Pablo habría sacado a relucir lo de las fotos y Máximo habría sido llamado a declarar. Lo hubiera hecho tan tranquilo, pero no dejaba de ser un fastidio. Como ahora: mejor no preocuparle hasta que todo quedara resuelto. Cuantos menos conflictos les atosigaran, mejor para los dos. Lo único que verdaderamente le importaba era no perderle.

Desayunó en la cocina. Máximo le había dejado media tetera y todavía estaba caliente; desde que vivían juntos, Maica se estaba pasando del café al té a la hora del desayuno. En estos momentos, pensó, Máximo estaría subiendo al avión. ¿Vería a Bea en Barcelona? Maica no le había preguntado si pensaba hacerlo, ni él le había hecho ningún comentario al respecto.

Pensó que, si la veía, a lo mejor se acostaban. Aunque Máximo volviera en el día. Almorzar juntos y luego, la siesta. Como había hecho con ella.

En realidad, no creía que lo hicieran. Y si lo hacían, ya no le importaría como antes, estando segura como ahora estaba de que Máximo la quería. O tal vez sí le importaría, aunque no como para dejarle. Sólo algo de celos. Recordó la siesta que hicieron la última vez que Bea estuvo en Madrid, después de que los tres almorzaran juntos. A partir del momento en que Máximo desabotonó las blusas de ambas en el sofá, y juntó los pechos de una con los de la otra y, ya en la cama, Maica se encontró convertida en su cómplice, ora asaltando con él a Bea, ora siendo asaltada por ellos, hasta aquel tumultuoso final, con su cabeza como apresada entre los agitados muslos de Bea y los embates de Máximo a su espalda, envueltos los tres en un enmarañado tejido de jadeos y gemidos.

Ya lo creo que le iba a importar, se dijo, si ahora se les ocurriera hacerlo a solas. ¡Y cómo! Sólo que estaba segura de que no iban a hacerlo, así que lo mejor era no darle más vueltas.

No bien llegó al estudio, pidió a Pilar que le pusiera con Bea.

—Mira, precisamente te iba a llamar —dijo Bea.

—¿Qué pasa?

—Pasar, nada. Va de chisme: la gorda.

Maica oyó la referencia a la Gordillo con alivio. Bea no parecía saber que Máximo estaba en Barcelona, ni ella pensaba decírselo; cualquier alusión podía dar pie a interpretaciones equivocadas para alguien. Mejor así.

—¿Qué pasa con la gorda?

—Que te va dejando por ahí de hija de puta para arriba.

—¿Y eso?

—Por lo que le has hecho a Pablo.

—Vaya. ¿Y qué le he hecho?

—Portarte con él como una hija de puta.

—¿Por no dejarme estrangular?

—De eso nada, morro. Has vivido con él cuatro años en plan *luz de gas*, le engañas con otro y le dejas tirado. Total, que le has llevado a un paso de la locura.

—No comprendo de dónde puede haber surgido esa teoría.

—¿De dónde o de quién? Se ve que Pablo y ella ahora son muy amigos. Y Pablo le ha comprado un cuadro.

—¿Un cuadro, Pablo?

—Un cuadro, morro. Un cuadro.

El ordenador confirmó la información de Bea. En el *maletín*, Maica encontró una anotación-recordatorio referente a una cena en casa de Francisca. ¿Aquella noche? ¿La pasada? Un detalle, por otra parte, irrelevante.

En el *archivo*, el argumento número 38 contaba con una nueva anotación de carácter enumerativo tan somera y escueta como rica en sugerencias:

«Cuando le abren, apenas cerrada la puerta, dispara a bocajarro sobre ambos.

»Luego dirá que su intención era suicidarse en su presencia, pero que, en un arrebato, dirigió el arma contra ellos.

»Para corroborarlo, asegurará que él sólo puso una bala, que ignoraba que el arma contuviera otra.

»De hecho, junto a la carta que habrá dejado sobre el escritorio explicando su propósito, estarán las fotos de la mujer con el otro, y una caja de munición.

»Las fotos estarán como esparcidas de un manotazo.

»En la caja de munición faltará un solo proyectil; del de la recámara ni siquiera conocía su existencia.

»Y se habrá puesto de inmediato en contacto con la autoridad, reconociendo su culpa desde el principio, al llamar por teléfono.

»Es importante que el primer disparo haya sido dirigido contra ella».

Maica volvió sobre las notas que había tomado el día anterior. La cuestión de la pistola no había forma de aclararla. Se trataba, a fin de cuentas, de una deformación léxica: el hábito de llamar pistola a lo que en realidad era un revólver. Sólo que, contrariamente a lo que ella se había empeñado en suponer, Pablo no se refería ahora a un revólver, sino a una pistola. El revólver no tiene recámara, sino tambor, y es mucho más difícil no advertir que hay una bala de más. ¿Se había dejado Maica sugestionar tal vez por el hecho de que el revólver, al haber pertenecido al abuelo, parecía un instrumento de venganza más idóneo? Y también, acaso, porque si no se equivocaba, el revólver era del calibre 38. El mismo número que la sinfonía. Y que el argumento.

Dejó las notas y buscó la Browning en el departamento interior del primer cajón de la derecha. Sacó la guía del arma. Tal y como recordaba, aquella Browning era la de Pablo. Al pasar la última revisión, documentación y pistolas se habían cruzado. ¿Se habría dado cuenta Pablo de que la pistola que estaba en su poder era la de Maica por más que la guía correspondiera a la suya? De haberse dado cuenta, ¿hasta qué punto no podría modificar sus planes y hacerle decantarse por el revólver?

Necesitaba moverse, estirar las piernas y, ahora sí, tomarse un café. Pero no allí, sino en el bar. Y pensar caminando.

Ya en la calle, se dio cuenta de que apenas llevaba dinero y se dirigió al banco.

Estaba en la cola, a punto de cobrar, cuando divisó a don Manuel, el padre de Pablo. Le dirigió una leve sonrisa, como despidiéndole. Pero esta vez don Manuel no parecía dispuesto a dejarla escapar tan fácilmente.

La abordó no bien ella hubo cobrado, al apartarse del mostrador. Sonreía de oreja a oreja.

—Qué, no has podido aguantar por más tiempo, ¿no es eso? ¡Bien hecho! Al calvo hay que tratarle duro. No vale, yo siempre se lo he dicho: el calvo no vale. Creció agarrado a las faldas de su madre y así se le cayó el pelo. La primera también le plantó. Y es que no vale.

Maica no era capaz de recordar qué pudo haberle contestado antes de acelerar bruscamente el paso y girar en ángulo recto al llegar a la calle; seguramente alguna excusa mal farfullada. ¡Aquel hombre le estaba diciendo que quien valía era él!

En su mirada había reconocido el brillo de la de Pablo tras las gafas cuando montaba en cólera.

Más que un café, lo que ahora necesitaba era un whisky.

Tres

No era extraño que, llegado el caso, Maica tuviera la impresión de haber vivido aquella situación. Hasta por el detalle de que no pronunciara nombres en ningún momento: ni Maica ni Pablo. Sólo tú, yo y él.

La pilló desayunando. Eso significaba, seguramente, que aún no se había ido a dormir. Nunca despertaba lo bastante claro como para poder mantener conversaciones telefónicas. Sólo a fuerza de café y tiempo era capaz de hacerlo. Y siempre había preferido pasar la noche en vela y dormir durante el día a levantarse temprano.

—Soy yo —dijo.

—Ya lo sé.

—Verás que no me importa llamaros a vuestra casa.

—Lo celebro.

—No seas sarcástica.

—No lo soy. Por mi parte, todo lo que facilite unas relaciones más fluidas entre nosotros será bienvenido.

—Eso pienso yo. Y por eso te llamo: quiero veros.

—No estoy segura de que sea una buena idea.

—Lo es. Pero sólo podrás comprenderlo

cuando nos veamos. Entiendo tus recelos, pero esta vez no están justificados. Además te llevaré tus cuadernos. Los he localizado.

—Me los puedes mandar por mensajero.

—Lo que no puedo es veros por mensajero.

—Es que lo último que me apetece es una nueva escena.

—A mí también, te lo aseguro. Sé que debí disculparme por lo de la otra vez. Entonces, no ahora. Pero la verdad es que yo no estaba bien. Y temía que la disculpa se convirtiera en una nueva escena.

—¿Y ahora estás bien?

—Nunca lo estuve tanto. Salvo alguna vez contigo. En los buenos tiempos.

—Oye, ése no es un buen principio.

—No, si ya lo sé. Por eso no quiero que nos contentemos con hablar por teléfono. Por teléfono no se arregla nada. Necesito verte. Vamos, veros.

—¿Forzosamente a los dos?

—Es que quiero que él me conozca. Que vea que no soy un simple marido cornudo.

—No creo que lo haya pensado ni por un momento.

—Bueno, ya me entiendes. Necesito veros a los dos. Y que luego podamos mirarnos a la cara si nos encontramos por la calle.

—Bien. Si así lo quieres, pues, por mí, vale.

—¿Y por él?

—También, claro. ¿Por qué habría de ser de otra manera?

—Es que tampoco quisiera forzar las cosas.

—Forzadas lo están ahora. ¿Dónde quieres que nos veamos?

—Donde queráis. En vuestra casa, si te parece. Así te llevo los cuadernos.

—¿No será mejor un bar?

—Si queréis... Pero en los bares siempre hay quien escucha. En casa es mejor. No sé, háblalo con él. Si quieres, te vuelvo a llamar.

—No, si él está de acuerdo. A él le da igual. Mientras sea a una hora conveniente.

—Dime tú.

—A él suele irle mal por las mañanas. Como a mí.

—Como a todos. ¿Os va bien por la tarde, sobre las siete?

—¿Cuándo?

—Cuando queráis. Hoy mismo, si os va bien.

—Mejor mañana.

—Vale. ¿Estará él?

—Claro.

—Pues hasta mañana a las siete.

Era como si Pablo, más que colgar, hubiera cortado la línea. Como si le resultara insoportable continuar la conversación. Una conversación que, en el tramo final, se había acelerado de puro concisa. En el límite ambos, se diría, de renunciar a guardar las formas. ¿Habría llegado Pablo a experimentar una sensación verdaderamente parecida a la suya? Lo más probable era que la propia impaciencia se lo impidiera.

Maica se sirvió una última taza de té. Máximo estaba en Sevilla y al día siguiente seguiría estando en Sevilla.

Tomó un taxi para llegar antes al estudio. Y llegó incluso antes que Pilar. Pero, esta vez, que Pilar estuviera o no carecía de importancia; Maica no iba a sentirse más libre por ello. Lo único que le urgía era ponerse ante el ordenador lo más pronto posible. Ahora que Pablo, debidamente empastillado, estaría ya durmiendo a pierna suelta. Y si no dormía, si había cambiado sus hábitos, pues tanto peor.

Miró en el *maletín:*

«Leonor: Talgo de Valencia.

»Chamartín, 14.02.

»Preparar habitación.»

¿La testigo que esperaba? Normalmente, cuando Leonor venía a Madrid, iba a un hotel. Pero esta vez, por lo que se veía, iba a ocupar la habitación de invitados. Y a cuidar de su hermano pequeño. Maica se sintió irritada.

En la *papelera* encontró un texto todavía más concluyente. Posiblemente un borrador. O tal vez el limpio. Lo que a Pablo le interesaba era la copia impresa:

«A Juez Instructor encargado del caso.

»Expresándole por anticipado mi consideración y respeto, yo, Pablo Pérez Montalbo, declaro lo siguiente:

»No soporto la misma humillación una segunda vez.

»Me quito la vida voluntariamente. Nadie

debe ser culpado por ello. La decisión es enteramente mía. Mi dolor ha dejado de ser tolerable.

»Mi propósito es que los causantes de ese dolor, eso sí, sean testigos forzados de mi muerte, y espero y deseo que el espectáculo les resulte inolvidable.

»Ésta será mi venganza.

»Fdo. P. P. M.»

Maica buscó en el *archivo:* para concluyente, aquello: el contenido del argumento número 38 había sido enteramente suprimido. Ahora, en cambio, ese argumento tenía por título *Arte Mayor.* Y a continuación figuraba una nueva idea-núcleo a modo de resumen.

«La locura como sinónimo de muerte en vida. Los locos son verdaderos muertos vivientes y, como tales, resultan insoportables a los vivos, a los que inspiran a la vez reverencia y temor, razón por la que se les rehúye y recluye.

»El tránsito de una situación a otra, el paso de la locura a la muerte, es lo que, llevado con mano maestra, merece la consideración de arte mayor.»

Maica había dejado de sentirse irritada. Ahora estaba tranquila.

Cuatro

Caminaron hasta la sala de estar sin intercambiar palabra, Pablo visiblemente tenso, incapaz de esbozar siquiera una sonrisa. Se detuvieron a la entrada, a manera de pausa que permitiese a Pablo hacerse cargo del ambiente, por más que Pablo no pareciera estar haciéndose cargo de nada. Maica sacó la pistola mientras retrocedía un paso y, en un ademán como de vuelo, apoyó el cañón contra la sien de Pablo y disparó.

No comprobó el resultado: no estaba segura de haber oído detonación alguna. Sólo la blanda sensación de un cuerpo que cae. Seguía con los ojos fijos en la blanca claridad de los visillos. ¿Había pasado realmente algo? De no ser así, él habría hablado, habría dicho cualquier cosa. Pero no había gritado.

Cuando se atrevió a mirar para abajo, lo hizo como quien echa un vistazo, casi de reojo. El cuerpo se hallaba tendido semi de costado, semi de espaldas, la cabeza aparentemente indemne. Sólo en ese preciso momento, Maica advirtió un serpeo de sangre que se acababa de iniciar en el suelo, probablemente a partir de la boca o acaso a partir del orificio de salida.

Puso la pistola en la mano derecha de Pablo y oprimió con cuidado el índice contra el gatillo antes de soltarla para que cayera a su aire. Palpó el traje en busca de la otra pistola: la llevaba sujeta al cinturón. Y era la Browning de Maica, no el revólver del abuelo. El dato no tenía gran importancia, pero así era más sencillo y todo cuadraba mejor.

Se quitó el guante de cocina y lo metió en agua con lejía. Tomó la Browning que había traído Pablo, le sacó las dos balas y la limpió con una gamuza. La guardó en el ropero, metida en uno de sus bolsos.

Llamó a urgencias y a la policía, por ese orden. Explicó que se trataba de un intento de suicidio con pistola y que la víctima parecía muerta.

Se fue a esperar al sofá. Creyó percibir la sirena de una ambulancia. Sería la de otra ambulancia; era imposible que tardasen menos de un minuto.

Todo había sucedido con una desagradable apariencia de irrealidad, como la de ir a subir por una escalera mecánica que por algún motivo está parada. El alivio de que, al pisarla, se ponga en marcha.

Cinco

Maica tendió la mano hacia Máximo, dormido boca abajo, y acertó a dar con el sexo a la primera, la punta asomando aplastada por el muslo. La acarició para notar cómo se endurecía bajo aquel cuerpo dormido.

Dejó que siguiera durmiendo. Habían cenado en Madrid para evitarse los atascos de salida de los viernes, y no llegaron hasta muy tarde. Pero Maica sabía que ella no iba a dormir más: no aguantaba las ganas de asomarse al balcón de la sala de estar; la luz que se colaba por las rendijas de los postigos le decía que el día era soleado.

Lo era. Al abrir el balcón, abrigada con una bata, le asaltó un estremecimiento de alegría por la buena idea que había tenido al hacer instalar calefacción central en El Encanto. De hecho, el motivo de su escapada de fin de semana: inaugurar la instalación y que Máximo conociera mejor su tierra. El único problema era Jose, pero Maica se había encargado de neutralizarlo haciéndole ver que ellos necesitaban estar solos. Ya irían en otra ocasión a visitarle para que Máximo viera las reformas que había introducido en casa del abuelo, de las que estaba tan orgulloso.

El paisaje de invierno se hallaba próximo a dejar de serlo. Los perfiles precisos y los colores someros, ocres rosáceos o blanquecinos; y las montañas increíblemente próximas gracias a la transparencia fría del aire. Pero mediaba marzo, y todo aquello empezaba ya a desbaratarse: las líneas y las distancias parecían prestas a desdibujarse, y en las tonalidades suaves de la tierra afloraba aquí y allá un verdor de huevo, una pelusa pegajosa y dulce extendida en un veteado de aguas, ora perceptibles, ora ilusorias.

Abajo, rozando casi el pie del balcón, los brotes de los frutales, rosados, reventones, rompiendo el gris estriado del ramaje. Y el ruido del agua al caer en el estanque, un simple ángulo ciego —visto desde el balcón— que recogía la imagen esquemática de una parra podada.

Mirando todo aquello, Maica se reafirmó en la decisión de la víspera, cuando venían juntos, mientras Máximo conducía y ella contemplaba la carretera a la luz de los faros: no le iba a contar lo de Pablo, que no había sido un suicidio, que ella lo había matado. Aunque hubieran pasado cerca de cuatro meses. O precisamente por eso. ¿Por qué hacerlo? No quería ni considerar nada que pudiera ensombrecer el disfrute de aquellos días en El Encanto. Ni en ningún otro lugar. Tiempo tendrían cuando fueran viejos.

Estaba preparando el desayuno y canturreando *Las Bodas de Fígaro* cuando apareció Máximo, envuelto en el albornoz, deslumbrado por tanta luminosidad. A Maica le gustaba verle así, todavía caliente de la cama. Pero sabía que iba a ducharse.

—Date prisa —dijo—. Tengo que enseñártelo todo.

Le esperó tomando una taza de té.

—¿No te apetecería que volviéramos por Semana Santa? —le preguntó cuando le tuvo sentado enfrente.

—Como quieras. Yo pensaba llevarte a Capri.

—Es verdad pero esto es más tranquilo. Viajar por Semana Santa es una pesadilla.

—Ya. Pero es imperdonable que no conozcas Capri.

—¿Y si vamos por nuestro aniversario?

—¡Bien!, como tú dices. En mayo aún es mejor. Tendrás un aniversario de emperatriz romana.

—¿Quieres hacerme olvidar lo de Pablo?

—No hay nada que olvidar. Suicidándose me ahorró el trabajo. Y eso es digno de agradecimiento.

—¿Qué quieres decir?

—Que me ahorró el que le suicidara yo.

—¿Suicidarle?

—Bueno, accidentarle. Era imprescindible. No se podía vivir con semejante amenaza encima.

—¿Hablas en serio?

—Y tan en serio. Él quería matarte. O matarnos a los dos. Y lo iba a intentar. Otra cosa es que lo hubiera conseguido.

—¿Cómo lo sabes?

—Le hice seguir por unos detectives que conozco.

—¿Tú conoces detectives?

—Al jefe. Fuimos juntos al cole. Esas amistades funcionan toda la vida. Por eso les encargué el caso.

—¿Cuándo?

—Después de que intentara estrangularte por lo de las fotos.

—¿Y por qué no me dijiste nada?

—No quería que fueras a obsesionarte.

—Pero ¿qué averiguaste?

—Que llevó un viejo revólver a una armería. Se lo limpiaron y engrasaron, pero había problemas con la munición. Le preguntaron que para qué, teniendo una Browning, quería semejante antigualla. Y él, como de cachondeo, se ve que dijo: «Para matar a mi mujer». En plan de broma, pero en serio. Seguro que su intención era ésa. Se ve que también intentó asesinar a su primera mujer y que ella no pudo denunciarle porque no había ninguna prueba.

—Estaba loco.

—A ratos. El revólver, además, se ve que no tenía papeles. También me enteré de que iba a un prostíbulo de lujo. Los detectives estaban de acuerdo con las chicas y me avisaban cuando él iba a ir. Una tarde coincidí con él. El sitio ése está en un piso que parece deshabitado, grande y silencioso, donde es fácil perderse. Lo tuve al otro lado del pasillo, duchándose en un cuarto de baño. Hubiera podido entrar y desnucarle. Un accidente de cuarto de baño, de esos que se producen al pisar el jabón. Las chicas son socias de un comisario, y entre todos se las hubieran arreglado para tapar el asunto de la manera más discreta. Pensaba hacerlo, y tal vez lo hubiera hecho, si él no se me hubiera adelantado.

Mientras hablaba, había untado una tostada con mantequilla y mermelada de mora y ahora se la comía acodado en la mesa, mirando a un lado.

Maica siguió la dirección de su mirada: el gato, también desayunando. Aunque lo que a ella le llamó la atención fue el plato algo desportillado en el que le habían puesto la comida. Un plato de color castaña, adornado con un motivo en relieve de hojas de un verde tierno. Se alegró de verlo.

Singapur, Madrid, El Teular, Madrid.

Biografía

Luis Goytisolo (Barcelona, 1935) alcanzó la fama ya con su primera novela, *Las afueras* (Premio Biblioteca Breve, 1958) y su nombre se ha convertido en uno de los de mayor prestigio de la narrativa contemporánea. Es autor de obras como *Antagonía*, *Fábulas*, *Estela del fuego que se aleja*, *La paradoja del ave migratoria*, *Estatua con palomas* y *Mzungo*. Ha obtenido también el Premio Nacional de Literatura y el de la Crítica. En los últimos años ha publicado *Escalera hacia el cielo* (1999), una novela con enredos y equívocos de comedia, y *Diario de 360º* (2000), novela compleja y de pensamiento construida, como indica su título, en forma de diario y que recorre un año bisiesto del que no se precisa fecha exacta.

Otros títulos de la colección

José y sus hermanos
Thomas Mann

Cuentos completos I
Isaac Asimov

Vida sin condiciones
Dr. Deepak Chopra

Almas paganas
Elmore Leonard

Seis de los grandes
James Ellroy

Defensa cerrada
Petros Markaris

Las torturas mentales de la CIA
Gordon Thomas

El catalejo lacado
Philip Pullman

La seducción de las palabras
Álex Grijelmo

La joven de la perla
Tracy Chevalier

El río de la luna
José María Guelbenzu

El diablo meridiano
Luis Mateo Díez